中国短经典

刘庆邦

麦子

著

人民文学出版社

图书在版编目(CIP)数据

麦子/刘庆邦著. —北京：人民文学出版社，
2020
（中国短经典）
ISBN 978-7-02-015711-2

Ⅰ.①麦… Ⅱ.①刘… Ⅲ.①短篇小说-小说集-中
国-当代 Ⅳ.①I247.7

中国版本图书馆 CIP 数据核字(2019)第 189170 号

责任编辑　甘　慧　杜玉花
装帧设计　高静芳
封面绘画　晚　门

出版发行　人民文学出版社
社　　址　北京市朝内大街 166 号
邮政编码　100705
网　　址　http://www.rw-cn.com

印　　刷　山东德州新华印务有限责任公司
经　　销　全国新华书店等

字　　数　148 千字
开　　本　889 毫米×1194 毫米　1/32
印　　张　8
版　　次　2020 年 5 月北京第 1 版
印　　次　2020 年 5 月第 1 次印刷

书　　号　978-7-02-015711-2
定　　价　39.00 元

如有印装质量问题，请与本社图书销售中心调换。电话：010 - 65233595

目录

遍地白花

收秋之后，村里来了一个女画家。不知女画家是从哪里来的，她一来就找了一家房东住下了。地里没了庄稼，村里没了葫芦架，树上的果子也摘光了，背着箱子而来的女画家不会有什么可收获的。这让厚道的村民略感歉意，认为女画家来晚了，错过了好时候。女画家要么春天来，要么夏天来，最好是收秋之前来。这会儿场光地净的，要红没红，要绿没绿，要金黄没金黄，有什么可画的呢？人们估计，女画家住不了两天就得走。

　　好几天过去了，女画家没有走。她每天这儿转转，那儿瞅瞅，瞅准一个地方，就打开挺大的画夹子画起来。女画家画了什么，村里人当成彩物，很快就传开了。女画家画了张家古旧的门楼子，画了王家一棵老鬼柳子树，画了街口一座废弃的碾盘，又画了一辆风刮日晒快要散架的太平车，等等。这些东西都是有主儿的，女画家每画到谁家的东西，这家的人一开始稍稍有点紧张，不知外面来的女人用长尺一样的目光量来量去，究竟要把他们家的东西怎么样。女画家作画时，这家必有人在一旁守着，女画家画一笔，他们看一笔。待女画家把画作完了，他们把东西和画对照了一下，才知道女画家并不是原封不动把东西搬到画纸上，他们家的东西还存在着，一点儿都不少。这样他们才放心了，并渐渐露出了微笑。

村里人难免对女画家的画作出一些评价，他们评价什么画，只能拿所画的对象作参照物，进行比较。比如张家的门楼子，据说修建的年代已经很久远了，门楼子高大而坚固，下面还有长长的过道。门楼子上面的瓦是乌黑的，有的瓦片上起着梅花一样的斑点。瓦缝之间长着一株株发灰的瓦楞草。楼脊子两端高耸的蹲兽，被风雨剥蚀得少鼻子没毛，只剩下大致的轮廓。只有大门两侧的砖雕还算清晰。这一切女画家都画到了，但有人说画得很像，有人说画得不像；有人说把门楼子画高了，有人说画低了。还有人特别指出，瓦当上是有篆字的，女画家没有画出来，显见得是忽略了。

女画家不在乎人们的任何评价，该怎样画还怎样画。

太平车的主人是一位年迈的老汉。老汉苦挣苦攒，一辈子都巴望有一辆太平车。太平车还没挣到，一切都归公了，自家不兴有车了。等到公社解散，分田到户，各家可以买私车时，车都变成了胶皮轱辘，四平八稳的木制太平车用不着了。尽管如此，队里分东西那会儿，老汉还是把一辆太平车要下了。太平车就在老汉家的屋山头放着，夏天淋雨，冬天落雪，再也派不上什么用场。有人劝老汉把太平车砸了卖钉，拆掉当柴，老汉只是舍不得。老汉正不知怎样处置这辆太平车，女画家把太平车相中了，画下来了。老汉没有像别的人那样，在女画家后面站成木桩，看人家作画。老汉只往画面上看了一眼，就像得到最终结果似的，到一旁蹲着去了。老汉认定女画家是大地方来的人，说到天边，还是大地方的人识货啊！倘画家是个男的，老汉定要把画家请到家里，喝上两盅。画家是个女的，老汉只能用手巾包上几枚新鲜鸡蛋，给女画家送去。女画家夸老汉的鸡蛋好，要付给老汉钱。老汉当然不会收钱，老汉说他的鸡蛋不值钱，女画家的画是千金难买。

老汉的说法使全村人都对女画家高看起来，回到各家的院子里，他们转着圈儿东看西看，把石榴树、柴草垛、鸡窝、树身上的一块疤拉眼，墙上挂着的红辣椒串子，甚至连头顶的天空停着的一块云，都看到了。这些他们过去看似平常的东西，说不定经女画家一看，就成了好看的东西；经女画家用笔一点，就成了一幅画。凡是被女画家取过材的人家，都像中了彩一样，神情有些骄傲。还没有被女画家画过东西的人家，也希望着女画家能到他们家里画一回。

小扣子是热切盼望女画家到他们家作画中的一个。

自从女画家来到这个村，小扣子天天跟着女画家转悠。女画家走到哪里，他也走到哪里。女画家看什么，他也看什么。女画家停下来作画，他就悄悄地凑过去，从第一笔看起，一直看到女画家把一幅画作完。可以说女画家到这个村所作的每一幅画，都是在小扣子的注视下完成的。谁要是问女画家哪天在哪里画了什么画，只要问小扣子就行了。不过没人问小扣子。就是有人问小扣子，他也不一定回答。小扣子是个不爱说话的孩子。

这天早上，小扣子一爬起来，就满村子追寻女画家去了。女画家是个勤快人，不睡懒觉，每天一早就开始作画。所以小扣子也不再睡懒觉。小扣子家有一只黄狗，黄狗本来正和几只鹅在一块儿待着，见小扣子出门，它不跟鹅们打一声招呼，马上随小扣子颠儿了。黄狗是小扣子的忠实伙伴，它跟小扣子总是跟得很紧。太阳还没出来，空气里有一层薄薄的霜意。公鸡在叫，雀子在叫，一些人家做早饭的风箱也在叫。村街上弥漫着浓浓的烟火味儿。这种烟火味儿是很香的，但你说不清是哪一种香。有人家烧麦秸，有人家烧豆叶，有人家烧芝麻秆，有人家烧苹果枝子，有人家或许烧的是甜瓜秧，等等。每样柴火散发一种香，各种香汇集到村街上，就形成了这种混合型的醇厚绵长的人间烟火味儿。村里人原来并不觉得烟火味儿怎么香，而女画家一进村就闻出来了，她说，哎呀，真香！女画家这么一说，大家用鼻子吸了吸，是香。村里一共三条街，小扣子和黄狗在烟火味儿里穿行，三条街都走遍了，没看见女画家在哪里。小扣子有些挠头，女画家会到哪里去呢？他看黄狗，黄狗也是一脸的茫然。再看黄狗，黄狗就抱歉似的把头垂下去了。他想，女画家会不会到村外去画画呢？于是小扣子和黄狗到村子外头找女画家去了。他们走过一个打麦场，又走过一个菜园，然后登上高高的河堤，小扣子把手遮在眼上，往四下里打量。黄狗也把头昂成高瞻远瞩的样子，鼻子里兴奋地直嗅。太阳已经出来了，阳光似乎还没化开，照在哪里都显得很稠，让小扣子想起女画家颜料盒里的柿黄颜色。麦苗刚长出来，等于在大面积的黄土地上打下一道道浅绿色的格线，格子都空着，还没写什么东西。一只黑老雕在空中飞来飞去，把一群在打麦场觅食的母鸡吓得抱着头跑回村里去了。小扣子没看到女画家。他突然想到，难道女画家走了吗？想到这里，他有些急，飞奔着冲下河堤，向女画家所在的房东家跑去。黄狗大概以为小主人发现了兔子之类，不敢怠慢，遂杀下身子蹿到小主人前面，一气超出好远。黄狗这样干似乎是作出一个姿态，让小主人知道它的积极性还是很高的。前面没什么兔子可追，它就停下来等着小主人。小扣子连急带跑，身上头上都出了汗。

那家房东的一个闺女前不久刚出嫁了，家里正好空着一间房子，女画家就住在那间房子里。听说事先讲好是租住，女画家临走时是要按天数交房租的。可女画家住了几天之后，房东就把女画家当闺女看了，不许女画家再提交房租的话。是呀，闺女住娘家，哪有收房租的道理！

小扣子跑进房东家的院子里，一眼就看到女画家了。女画家还没离开他们的村子，这下小扣子就放心了。女画家正在作画，她今天画的是房东家的祖父。和往常一样，女画家身后站了不少人，在看女画家作画，那些人当中有这家的儿子、儿媳、孙子、孙子媳妇，还有一些别的人。他们都不说话，静静地肃立着，连出气都尽量放轻。在他们看来，作画是很神的一件事，他们生怕一不小心弄出什么动静来，把神给惊动了。女画家当然也不说话，她眼里似乎只有老人和她的画，目光只在老人和画之间牵来牵去。她微微眯着眼，把老人看看，在画面上画几笔。再看看，再画几笔。她下笔很果断，也很有力量，能听见画笔在画纸上触动的声音。老人在墙根儿蹲着晒太阳。老人七八十岁了，身体不错，晒太阳的功夫很深，蹲半天都不带动地方的。这正好给女画家作画提供了机会。老人身后的背景很简单，几层砖根脚，上面是黄泥坯。老人头顶上方的墙上揳了一根木头橛子，橛子上挂着一束干豆角，那是来年做种子用的。老人上身穿着一件黑粗布夹袄，头上戴着一顶黑线帽子。这种帽子当地叫作一把捋。阳光斜照下来，在老人帽子下面的脑际那儿留下一点阴影。老人的主要特点是脸上的皱纹多，多得数都数不清。老人的皱纹无处不到，连耳朵的高处都爬满了皱纹。这些皱纹的分布和走向没什么规则可言，像是大地上的河流和沟壑，弯弯曲曲，走到哪里算哪里。老人脖子里的皱纹也很多，纵横交错，把老人的脖子分割成许多田园一样的小方块。所有的皱纹都固定住了，都很深刻，一眼看不到底，里面仿佛蕴藏着许多内容。老人的神情十分平静，安详，他像是带有孩子般的笑意，又像是含有老人般的沉思，对外来的女画家为他作画，并有那么多人看着他，他似乎并不觉得。

趁女画家调颜料的时候，老人的儿媳提出为公公换上一件新衣服。女画家说不用。儿媳又提出让公公坐在椅子上。女画家仍说不用。围观的人都注意到了，女画家画的不是老人的全身像，也不是半身像，可着整张画纸，女画家只画了老人的头像。这样的画，任何服装和座位都用不上。

小扣子一看见女画家画的老人的头像，心上就震了一下，眼睛就不愿意离开画面了。这张画像比真人大得多，小扣子长这么大，还从没见过这么大幅的画像。画面上，老人面容黧黑，皱纹更黑。但仔细看上去，老人的面容黑得一点也不发乌，黧黑里透着温暖的古铜色调。这种色调不全是阳光造成的，阳光的色彩一般只照在表面，而老人脸上这种厚实的色调像是从皮肤下面闪射出来的。更让小扣子感到亲切和动心的，是女画家所画的老人的眼睛。由于眼皮加厚和下垂，老人的眼睛已不能完全睁开，显得有些眯缝。就是这样的眼睛，平和得跟月光下的湖水一样，它什么都不用看了，里面什么都有了。看着这样的画像，小扣子不由得想起自己的祖父。祖父对小扣子是很好的，只要是小扣子一回家，祖父就愿意一直看着他，不管他干什么，祖父都不干涉他。有时祖父喊他过去。他过去后，祖父一点事也没有，一句话也不说，只拉住他的手就完了。小扣子不愿接近祖父，他嫌祖父脸上的皱纹太多了，嫌祖父的眼皮垂得太厉害了。他两手使劲往两边扒着祖父的皱纹，想把祖父脸上的皱纹绷平。在他绷紧的时候，祖父脸上的皱纹是平了，只剩下一道道灰线，可他刚松开手，祖父的皱纹便很快聚拢，恢复原状。祖父松垂的眼皮也是一样，他把祖父的眼皮揪起来，祖父的眼睛就显得大了，大得有些好笑。他把祖父的眼皮一松下去，祖父的眼皮似乎比原来垂得还厉害，让人失望。祖父从来不反对小扣子扒他的皱纹，揪他的眼皮。有时小扣子以为他把祖父弄疼了，祖父不但从来不说疼，还鼓励他使劲，使劲。祖父不在了，祖父死了。去年秋天，场里打豆子，小扣子早上还没睡醒听见母亲哭，就知道祖父已经死了。祖父没有照过相，也没画过像，他以为永远也看不到自己的祖父了。女画家画的头像使他产生了错觉，他以为祖父又复活了。祖父正慈爱地看着他，他也目不转睛地看着祖父。看着看着，小扣子的眼睛渐渐地有些发湿，有些模糊，他差点对着画像喊了一声爷爷。

有了女画家给房东家的祖父画的画像，人们对老人就有些刮目相看。过去他们把老人的皱纹说成满脸褶子，现在就变成满脸的画意，再看老人时使用的就是羡慕的目光。人们以为房东家的人会把老人的画像高高地挂起来，去那家看过，才知道女画家已把画像喷了胶，收起来了，准备日后带走，带到城里再挂起来。女画家另外给房东家的儿媳画了一朵硕大的红莲花，让人家把红莲花剪成花样子，绣在布门帘上面的遮幅上了。遮幅是黑的，莲花是红的，分明打眼得很。莲花光彩烁烁，仿佛是开在一潭清水上。这难免又引来许多爱花的人啧啧观赏，并把花样子一传十，十传百，全村很快就开遍了红莲花。

女画家开始到野地里作画去了。她背着画夹子提着画箱刚出村，小扣子就看见了。女画家在前面走，小扣子和黄狗远远地在后面跟着。女画家走多远，他们也走多远。女画家登上河堤，他们也登上河堤。不过他们跟女画家不是跟得很紧，而是保持着一定距离。女画家终于选准了一处风景，摆开架势作画了，小扣子仍没有马上走近。去野地里看女画家作画的人少一些，在目前只有小扣子一个人的情况下，他不敢凑过去，他怕女画家跟他说话。不管女画家跟他说什么话，他都会很慌乱。等陆续来了三四个男孩子和女孩子，他们才结伴慢慢地向女画家走去。

女画家这天所画的是一片茅草，茅草的叶和茎都枯黄了，只有穗子是银白的。茅草的穗子薄薄的，是一边倒，被茅草柔韧的细茎高高举着。每一根茅草的穗子单看都不起眼，把许多穗子连起来看，就是一片白，就有了些气势。田野里有风，茅草的穗子旗帜一样迎风招展。风大的一阵，茅草穗子被风摁下去了，摁得贴向地面。风一过去，穗子迅速弹起来，振臂欢呼一般高扬。茅草穗子的吸光和反光性能都很好，成片起伏不定的茅草穗子，把秋天的阳光吸进去，又反射出来，远看近看都白花花的，让人怀疑是走进了月光一样的梦境。茅草长在一片荒地上，面积并不大。可经女画家一画面积就大了，白茫茫的，好像一眼望不到边。在小扣子眼里，女画家画的画是有声音的，那声音是旷野里的长风吹在茅草穗子上发出来的，呼呼作响，一直向天边响去，好像整个世界只剩下这种声音了。在小扣子眼里，女画家画的画是有温度的，温度很低，让人感到一种萧萧的凉意，一看就想抱紧自己的身子，并想加一件衣服。在小扣子的眼里，女画家画的画是有气味的，这种气味当然不是颜料的气味，而是土地的气味，茅草穗子的气味，还有风的气味。这种气味不能用甜或者苦来表述，因为它不是用鼻子和味觉分辨，而是用眼睛和回忆唤起。有了声音、温度和气味，女画家画的画就不再是平面的，而是立体的和深远的，就像是一个神话般的世界，让人一看就不知不觉走进去了。

小扣子看见，他家的黄狗突然跑到茅草丛里去了，在那里仰着脸瞎看。不懂事的家伙，这样会耽误人家画画的。小扣子刚要把黄狗赶开，女画家说，不要管它。结果女画家把黄狗也画进画里去了。小扣子心里一喜，女画家总算画了他家的一样东西，他总算为女画家作出了一点贡献。上了画，黄狗跟平常日子不大一样。在平常，黄狗是很调皮的，老是闲不住。画上的黄狗在张着耳朵听风，显得很成熟，很孤独，好像还有些发愁。这样的黄狗让小扣子顿生怜爱，他真想马上抱住黄狗，把脸贴在狗脸上亲一亲。

女画家画完了画，问：这是谁家的狗？

小扣子还没说话，几个孩子就往前推他，说是小扣子家的狗。

女画家对小扣子说：你们家的狗不错呀！

小扣子眼睛躲着，不知说什么好。小扣子的脸有些红。

女画家问：你们这儿种荞麦吗？

别的孩子们你看我，我看你，回答不上来。这时候小扣子不说话不行了，小扣子说：种。

既然只有小扣子能回答这个问题，女画家就只看着小扣子。女画家的眼可真亮啊，恐怕比太阳还亮，小扣子只看了女画家一眼就不敢看了。女画家还很年轻，除了眼睛很亮，她的头发也很亮，牙也很亮，嘴唇也很亮，照得小扣子不敢抬头。可是女画家对小扣子说：来，抬起头来看着我，我看你小子很知道害羞啊！

小扣子在肚子里鼓了鼓勇气，把头抬起来了。只有女孩子才害羞，他是个男孩子，不能害羞。可是不行，他刚把头抬起来，眼皮又低下去了。这时亏得他家的黄狗过来了，黄狗过来靠在他腿上，并撒娇似的往他腿上蹭，才使他有了点依靠。他蹲下身子，抱住了狗的脖子，一只手为黄狗顺毛。他发现，黄狗的眼睛虚着，好像也不敢看女画家。

女画家的问题还很多，她问小扣子，荞麦是不是红秆儿？

绿叶？白花？荞麦花开起来是不是像下雪一样？女画家问什么，小扣子都说是。有一个问题小扣子吃不准，荞麦是什么时候种？女画家提了这个问题，他就得回答，不能让女画家失望。他先说春天种，又说不对，夏天种。他这样一会儿春天一会儿夏天的，别的孩子都笑了。那些孩子更是说不清荞麦是什么时候种，但小扣子说得不准确，人家就有权利发笑。女画家看出了小扣子的窘迫，说没关系没关系，不管什么时候种，只要种就行。

女画家的画箱也很别致，她把画笔和颜料从箱子里取出来，折巴折巴，画箱就变成了一只凳子。她就坐在凳子上画画。画完了画，她把凳子折巴折巴，凳子又变回箱子模样。小扣子觉得女画家的箱子像是传说中的宝物，他有个渴望，很想替女画家把画箱背一背。女画家像是看透了小扣子的心思，她说：谁替我背着画箱子，我给谁一块糖吃。

听女画家这么一说，孩子们一下子都抢过去了，抓住画箱子的背带，你争我夺，互不相让。看来想背画箱子的不止小扣子一个。

女画家说，不要争，不要争，我来看看让谁背。在决定让谁背之前，她把糖掏出来了，分给每人一块。当女画家分给小扣子糖时，小扣子说他不要糖。小扣子的意思是，他不是为了糖才背画箱的，他的意思跟别人的意思不一样。女画家把每个孩子都看了一遍，总算把目光落在小扣子身上了，说：我看你这小子挺有意思的，好吧，箱子由你来背。不过，糖还是要吃的。她拉过小扣子的手，一拍，把糖拍进小扣子的手里去了。小扣子一握，感到手里的糖不是一块，是两块，他的心口腾腾地跳起来。为了防止别的孩子看出女画家多给了他一块糖，他的手把两块糖紧紧攥着，一点儿也不敢松开。他仿佛觉得，两块糖在手心里也在腾腾地跳动。小扣子把画箱的背带斜挎在肩上，大步走到前面去了。小扣子听见女画家在后面问他的那些小伙伴们：糖甜吗？小伙伴们答：甜！

当晚，小扣子让母亲去给女画家送鸡蛋。母亲问：你这孩子，难道要拜人家当老师，跟人家学画画吗？

小扣子说，女画家把他们家的黄狗画在画上了。

母亲一听，就在院子里找狗。狗在墙根卧着，见女主人找它，才到女主人身边去了。母亲说：我说狗怎么蔫蔫的，原来人家把它的魂抽走了。

小扣子不同意母亲的说法，说女画家没抽黄狗的魂。

母亲说：你不懂，狗靠魂活着，不抽狗的魂，她的画就画不活。人家说了，不管画啥东西，都得先抽魂。

小扣子有些惊奇，问：魂是啥东西？

母亲想了想，说魂嘛，跟血差不多，血是红的，魂大概是白的；血看得见，魂看不见。

小扣子问：那，茅草穗子有魂吗？

母亲说：有呀！

小扣子抬头看见了天上的月亮，问：那，月亮有魂吗？

母亲说：月亮不光有魂，月亮的魂还多呢，你看这地上，都是月亮洒下的魂。

小扣子想起女画家问的他们这里种不种荞麦的话，想必荞麦花也是有魂的了。要是荞麦花开满一地，那雪白的花魂不知有多少呢！

母亲见小扣子沉默下来，以为小扣子把抽魂的事想重了，遂笑了笑，要小扣子不用担心，人流点血不怕，血越流越旺；黄狗抽走点魂也不怕，抽去的是旧魂，补上的是新魂，补充了新魂的黄狗会比以前还精神百倍。于是母亲包上一些鸡蛋，带上小扣子和黄狗，给女画家送去了。

女画家坐在房东家院子的月亮地里，正跟房东一家人说闲话，好像说到的话题又是荞麦花。人一来，话题就暂时打住了。女画家不知道小扣子的母亲为何给她送鸡蛋。母亲把小扣子推到前面，说：你把我们家的狗画到画上去了，我儿子让我来感谢你。女画家笑了，说画了人家的狗，不但不给人家钱，还要白吃人家的鸡蛋，这样的便宜事上哪儿找去！女画家把鸡蛋收下，还有笑话，她说，这些鸡蛋她先不吃，一个一个画在画上，这样小扣子家的人还会给她送鸡蛋，送到后来，她就不画画了，成贩鸡蛋的了。

女画家的笑话把院子里的人都说笑了。

月光正好，母亲和小扣子没有马上回家，听到女画家接着刚才中断的话题，又说到了荞麦花。女画家说，她小时候，跟着下放的父母在农村住了一段时间，好像看见过荞麦花。荞麦地在村子西边，一大块地种的都是荞麦。在她印象里，荞麦花不是零零星星开的，似乎一夜之间全都开了。她早上起来，觉得西边的天怎么那么明呢，跑到村边往西地里一看，啊，啊，原来是荞麦花开了。荞麦花开遍地白，把半边天都映得明晃晃的。她跟着了迷一样，天天去看荞麦花，吃饭时父母都找不着她。荞麦花的花是不大，跟雪花差不多，但经不住荞麦花又多又密，白得成了阵势，成了海洋，看一眼就把人镇住了。在没有看到荞麦花之前，她喜欢看那些一朵两朵的花，老是为那些孤独的花所感动。看到了大面积白茫茫的荞麦花，她才打开了眼界，才感到更让人激动不已和震撼的，是潮水般涌来的看不见花朵的花朵。她当时很想放声歌唱，或者对着遍地白花大声喊叫。可惜她那时不会唱什么歌，喊叫也喊叫不成，只能钻进密密匝匝的花地里，一呆就是半天。她记得荞麦地里蜜蜂和蝴蝶特别多，嘤嘤嗡嗡的，像是在花层上又起了一层花。她感到奇怪的是，到了荞麦花的花地里，连蜜蜂和蝴蝶似乎都变成了白的，蜜蜂成了银蜜蜂，蝴蝶成了银蝶子。她晚间也去看过荞麦花。晚间很黑，没有月亮。不过，她一点也不害怕，因为满地的白花老远就看见了。她看着前面的光明，不知不觉就走进了花地里。

　　说到这里，女画家轻轻地笑了。她说时间太久了，记不清了，自己都不知道自己说得对不对。也许她说的是自己做的梦，相似的梦做多了，就跟真的荞麦花弄混了。反正那样的荞麦花如今是很难看到了。

院子里的人一时都没有说话，只有如霜的月光静静地洒落。

小扣子和母亲把女画家的话都记住了。

来年，在小扣子的一再要求下，母亲种了一块荞麦。小扣子看见，荞麦发芽了，荞麦长叶了，荞麦抽茎了，荞麦结花骨朵了……荞麦终于开花了！荞麦花开得跟女画家的回忆一样恍如仙境，把小扣子感动得都快要哭了。

从荞麦开花那一刻起，小扣子天天在花地里，并不时地向远方张望。母亲知道小扣子盼望什么，她帮着小扣子向远方张望。

2000 年 3 月 9 日于北京和平里

梅妞放羊

太阳升起来，草叶上的露珠落下去，梅妞该去放羊了。梅妞家的羊只有一只，是只白白净净的水羊。他们这里不把母羊叫母羊，叫水羊。水羊拴在石榴树爬出地面的树根上，梅妞刚去解绳子，水羊像是得到信号，就直着脖子往外挣，把绳扣儿拉得很紧。一个水羊家，不能这样性子急！梅妞不高兴了，停止解绳扣儿，对水羊说："你挣吧，我不管你，看你能跑到天边去！"

水羊挨了吵，果然不挣了，把绳子放松下来。水羊还自我解嘲似的低头往地上找，找到一根干草茎，用两片嘴唇捡起来，一点一点地吃。梅妞认为这还差不多，遂解开绳子，牵着羊往院子大门口去了。一群绒团团的小炕鸡跑过来，像是一致要求梅妞姐姐把它们也带上，它们也想到外面去玩耍。梅妞嫌它们还小，不会躲避饿老雕，扬着胳膊把它们撵回去了。小炕鸡们仰着小脑袋细叫成一片，似乎对梅妞只跟水羊好不跟它们好的做法有些意见。

梅妞手上牵着羊，胳膊上还挎着荆条筐，筐里放着一把镰刀和一只掉了手把儿的大茶缸。这就是说，梅妞把羊的肚子放饱还不算，还要顺便割回一筐草，镰刀就是割草用的。那，大茶缸是干什么用的呢？拿它到河边舀水喝吗？茶缸太破旧了，不光掉了把儿，漆皮也几乎脱落尽了，露出锈迹斑斑的内胎。没关系，大茶缸是用来盛羊粪蛋儿。羊吃了草，难免会拉羊粪，爹要梅妞把羊粪捡回来，说羊粪是好肥料，上到豆角地里，豆角结得长；上到韭菜地里，韭菜叶长得宽。梅妞听话，每天都捡回半茶缸到一茶缸粒粒饱满的羊粪蛋儿。

梅妞放羊是在村南的河坡里，那里的草长得旺，长得嫩样，种类也多。她牵着羊登上高高的河堤往下一看，就高兴得直发愁：满坡青草满地花，俺家的羊哪能吃得赢呢，这不是成心要撑俺家的羊吗！她对羊说："羊，羊，吃草归吃草，不许吃撑着，吃撑了肚子疼。"羊拐过头看看她，像是把她的话听懂了。羊开始吃草，她也低着头在草丛里找吃的，她找的是野花的小花苞。有一种花的花苞，看去像个小绿球，剥去那层绿衣，鹅黄的花蛋蛋就露出来了。花蛋蛋刚放进嘴里有些苦吟吟的，一嚼香味就浓了。她把这种花苞叫成蛋黄。还有一种花的花苞是细长的，里面的花胎呈乳白色，吃起来绵甜绵甜。她把这种花苞叫成面筋。吃罢"蛋黄"和"面筋"，就该吃"甘蔗"

和"蜜蜜罐儿"了，她想吃什么就有什么。

梅妞看见，她家的羊光吃草不吃花，红花不吃，黄花、蓝花也不吃，一吃到有花朵的地方，羊的嘴就绕过去了。羊的牙齿很快，大概比剪苹果枝用的大剪刀还快，羊过之处，参差不齐的青草就被"修理"平了。而草平下去之后，那些剩下的各色花朵等于被高举起来，在微风吹拂下轻轻颤动，格外显眼。梅妞不明白羊为什么不吃花，难道这只羊是一个爱花的人托生的，一见到花就嘴下留情了？她采了一朵小白花，送到羊的嘴边，要试试这只羊到底吃花不吃花。她说："羊，这花甜丝丝的，很好吃，你尝尝吧！"羊用鼻子嗅了嗅，没有尝花，接着吃草。梅妞又采了一朵紫花送到羊嘴边，羊还是不吃。梅妞心里不觉沉了一下，看来这只羊的前生真是一个爱花的人。再看羊时，梅妞的感觉不大一样，她看羊的眼睛，越看越像人的眼睛。羊的眼圈湿润，眼珠有点发黄。羊的眼神老是那么平平静静，温温柔柔。看来任何人的眼睛也比不上羊的眼睛漂亮，和善。

太阳往头顶走，梅妞的草筐装满了，羊也差不多吃饱了。阳光暖洋洋的，晒得梅妞和羊都有些慵懒，梅妞想躺在地上睡一觉。可她对自己说，不许睡觉，要是睡着了，羊被人牵走怎么办。她把羊绳拴在装满青草的筐系子上，自己也趴在草筐上。似睡非睡之间，她开始唱歌。她没学过唱歌，所唱的歌都是自己随口瞎编的，看见什么就编什么。比如她这会儿看见的是羊，就拿羊做唱词。她唱的是：羊呀，你的亲娘在哪里呀？你的亲娘不要你了，你是个没娘的孩子啊！她看见羊的眼圈比刚才还湿，接着唱道：羊呀，没有亲娘不要紧呀，没人要你我要你，我来当你的亲娘吧……

草筐突然倒了，梅妞往前一磕，差点也倒了。睡意蒙眬的梅妞吓了一惊，她第一个反应是有人要夺她的羊，谁？她跳起来一看，大河坡里静悄悄的，连个人影也没有。远处一座废砖窑，窑顶有几缕白云。近处有一孔石桥，桥下的流水一明一明地放光。不用说，草筐是被羊拉倒的，羊大概渴了，要到水边去喝水。梅妞说："羊，你吓我一跳。想喝水不会说吗？你的嘴呢，哑巴啦？我打你！"梅妞说了打羊，只是说说而已，她才舍不得动羊一指头呢，因为羊身上怀了羔儿。水羊是爹从三月三庙会上买回来的，爹把羊一领回家，就交给梅妞了，说羊肚子里有羔儿，千万别碰着羊的肚子，也别让羊跑得太快。爹给梅妞许了一个愿，等羊生下羔子，等羔子长大卖了钱，过年时就给梅妞截块花布，做件花棉袄。梅妞长这么大从没穿过花棉袄，每年穿的都是黑粗布棉袄。她做梦都想穿花棉袄。羊羔儿是梅妞的希望，花棉袄是梅妞的念想，梅妞把希望和念想都寄托在羊肚子上了。

河里的水不是很深，有些泛白。岸边长着一丛丛紫红的芦苇。梅妞分开芦苇，把羊牵到水边去了，让羊喝水。羊一站到水边，水里就映出羊的影子。水边的羊低头喝水，水里的羊也低头喝水。它们不像是喝水，像是要亲一个嘴。嘴一亲到，羊影子就被圈圈涟漪弄模糊了。喝完了水，羊没有马上离开的意思，而是饶有兴致似的往河里看。河里长着不少水草，有花叶的，也有圆叶的。水草上趴着一些年轻的青蛙，在咯哇咯哇乱叫。有的不光叫，还跳来跳去互相追逐，搞得水面很热闹。梅妞看见一只胖青蛙背上驮着一只精干的瘦青蛙，两只青蛙的尾部紧紧贴在一起。她知道青蛙在干什么，觉得这样不太好，大白天的，干什么呀！她弯腰捡起一块土坷垃，朝那对青蛙投去。她没投中青蛙，只激起一些水花。水花落在那对青蛙身上，它们竟然不受影响，只把鼓着的眼睛稍稍闭了一下，继续做它们的事。梅妞又抓了一把散土，向那两个旁若无人的家伙撒去，散土撒开一大片，把那对青蛙打中了，它们腿一弹，往水里潜去。潜水时，它们一驮一，仍不分开。刚潜了一会儿，两个闪着水光的小脑袋就从水里冒出来了，似乎比刚才贴得还紧。梅妞骂了青蛙一句不要脸，对羊说："走，咱不看！"牵上羊离开了。

梅妞把耳朵靠在羊肚子上，想听听羊羔儿有没有动静。羊的肚子往两边鼓着，显得很突出，可里面一点声音也没有。她想，小羊羔儿可能还在挤着眼睡觉，还没有睡醒。

在此后的日子里，梅妞每天都听诊一样听水羊的肚子。终于有一天，梅妞觉出羊肚子里面动了一下，动作不大，就那么缓缓的，大概是羊羔翻了一个身，或伸了一个懒腰。梅妞很欣喜，对羊说："羊，羊，你的孩子动了，你觉到了吗？"

羊咩叫了一声，仿佛在说，它早就知道了。

梅妞还注意到了水羊的奶子，那只奶子一天比一天饱满，一天比一天往下坠，像瓜架上结的一个大吊瓜。"吊瓜"大概已开始储存汁水，看去沉甸甸的。梅妞不知羊嫌不嫌沉，她替羊有点嫌沉。由于羊的奶子太膨大，挨到了两条后腿，羊一迈步，腿帮子就把奶子蹭得往前悠动一下。梅妞不知羊嫌不嫌碍事，她替羊有点嫌碍事。最好看的是羊奶子下面长的两个奶穗子，奶穗子圆圆的，长长的，颜色有些发粉，上面长着一些极细的绒毛，让人一见就禁不住想伸手摸一下。梅妞好几次想摸，都没摸。水羊还没生过孩子，一定很害臊，很护痒，不愿意让别人碰它的奶穗子。有一天，梅妞忍不住，到底把羊的奶穗子摸到了。和她猜想的一样，羊不愿让她摸奶，她刚摸了一下，水羊就抬起蹄子，三弹两弹把她的手弹开了。水羊很不客气，有一蹄子弹在她的手背上，把手背弹破了一块油皮。梅妞没有恼，从地上捏起一点土面面敷在破皮处就拉倒了。她能谅解羊，是因为她身上也长了奶子，她的奶子也发育得鼓堆堆的了，别人甭说动她的奶子，就是看一眼她也不让。将心比心，人和羊都是一样的。

南风带了熏气，大麦黄芒，小麦也快了。梅妞掐两穗小麦，在手里揉揉，吹去糠皮，白胖带青的麦粒子就留在手心里了。她很喜欢吃这样的新麦，一嚼满口清香。现在她把口水咽下去，先喂她家的羊。水羊快要做母亲了，需要增加营养。羊母亲营养好了，生下的羊羔儿就壮实，奶水就充足。羊在她手心里吃麦时，两片颤动的嘴唇拱得她手心发痒，她不由得嚷："哎呀，痒！痒！"既然怕痒，就别让羊在手心里吃了，可她下次揉好了麦，还是让羊在手心里舔，她还是嚷痒。

羊下羔儿是在一天早上。那天早上天气很好，桐树上喜鹊叫，椿树上黄鹂子叫，院子里鸟语花香，喜气洋洋。爹在院子里扫地，娘在灶屋里做饭。梅妞也起来了，对着窗台上的镜子梳头。梅妞听见羊叫了一声，叫得声音很大，不似往日。她往窗外一看，见羊已躺倒在地上。她以为羊生病了，刚要跑出去看究竟，见爹已过去了，娘也从灶屋跑出来了。爹对娘说，羊要下羔儿了，要梅妞她娘赶快去熬一锅小米汤给羊喝。当地有规矩，羊下羔儿，猪生崽儿，未出嫁的闺女是不许看的。那么梅妞就不出去看。羊的叫声越来越大，简直有些凄厉。梅妞隔着窗棂看见，羊每叫一声，屁股就往上抬一下。她知道，一定是羊疼得受不了才这样叫法。她很替羊担心，胸口怦怦乱跳。她不敢再往窗外看，手捂胸口退回到床边坐着。邻居二婶生小孩儿时就叫得很厉害，可把二婶的婆婆慌坏了，一个劲地烧香念佛。二婶把孩子生下来后就不叫了。梅妞相信她家的羊会跟二婶一样，叫一会儿就能把孩子生下来。她在心里默默地替羊念话，孩子孩子疼你娘，羊羔儿羊羔儿快出来……念着念着，不知为何，她鼻子酸了一下，眼圈儿也红了。

等水羊把羊羔儿全都生出来后，爹才喊梅妞出去看。爹的声调很高兴，说："梅妞，咱家的羊生羔子了，生的是龙凤胎，一只小水羊，一只小骚胡，你快来看！"

　　梅妞出去一看，水羊已站起来了。水羊又恢复了平静，目光里充满温爱。她几乎不敢相信刚才那骇人的叫声是水羊发出来的。两个小羊羔儿也站起来了，它们的蹄甲子似乎很软，腿也很软，摇摇晃晃，老也站不稳，像两个小醉汉。说它们像醉汉，其实它们一点也不醉，小家伙能着呢，刚睁开眼就知道找奶吃，就摇晃着奔奶子去了。羊母亲没让它们马上吃奶，先舔它们身上黏黏的羊水，它舔它们的背，舔它们的小耳朵，舔它们的眼睛，全身无处不舔到。小家伙似乎有点不耐烦，想往母亲身子下面躲。羊母亲毫不放松，舌头追着它们舔。羊母亲舔得很负责，很用力，舔过之处，羊羔儿身上的毛就丝丝缕缕支乍起来，有了羊的模样。梅妞很想摸一摸小羊羔儿，小羊羔儿身上一定很柔软，很好玩。她蹲下身子，把手伸了一下，又蜷回来了。她的手又粗又硬，怕把小羊羔摸疼了。她看见羊母亲也不愿意让她摸它的宝贝儿，目光很警惕的样子，她刚把手伸出去，羊母亲的嘴就巧妙地阻止了她，羊母亲装作很友好地嗅她的手，其实是在保护自己的羔子。

　　两个小家伙也算机灵，羊母亲的注意力稍有转移，它们就趁机钻到母亲肚子下面，分别叼到一只奶头吃起来。它们天生很会吃，把整个奶头都含在嘴里，仰着小脸，吃得又香又甜。吃着吃着，它们用嘴和额头往奶上顶两下，再接着吃。它们顶得很猛，很用力，把看去硬邦邦的大奶子顶得有些变形。顶过之后，小羊羔儿吃得咕登咕登的，两边的嘴角盈着白浆浆的奶汁子。

梅妞对小羊羔儿这样的做派有些看不惯，吃奶就该好好吃，瞎顶什么！她嫌小羊羔儿太调皮了，对母亲也不够心疼。不知为何，小羊羔儿每顶一下奶，她似乎觉得自己身体某处也被顶了一下，并隐隐地有些痛。奇怪的是，水羊安之若素，好像一点也不反对两个孩子顶它的奶。梅妞对水羊这样娇惯孩子也保留了自己的看法。

梅妞的队伍壮大了，再下地放羊，她身后由一只羊变成三只羊。为了便于称呼，她给两只小羊起了名字，小水羊叫皇姑，小骚胡叫驸马。她说皇姑你来，驸马你去，一副统领三军的气派。皇姑和驸马到了遍地青草的河坡里，对草一点也不稀罕，只是贪玩，撒欢儿。它们撒起欢儿来四蹄腾空，外带空中转体，是很好看的。皇姑和驸马还跃起来抵头。它们不是真抵，别看身子立起来，小眼儿斜视着，样子挺吓人的，落地时两个羊头却没有发生碰撞，只是蹭一蹭而已。有时它们走得远些，水羊轻唤一声，它们就打着旋子跑回来了。一回到母亲身边，就迫不及待地吊在奶穗子上吃奶，仿佛刚才把吃奶的事忘记了，现在又想起来了。它们的嘴嚅动着吃得很快，顶奶顶得也很勤，驸马顶两下，皇姑也要顶两下，跟比赛一样。梅妞说："驸马，驸马，不许顶！你听见没有？"驸马不听话，她强行把驸马从水羊奶穗子上拽下来了，由于驸马叼着奶穗子不愿意松口，把奶穗子像拽橡皮筋一样拽得很长。梅妞把驸马抱起来，先摸驸马的头顶，看驸马头上长角没有，要是长了角，谁也受不了它那样顶法。还好，驸马头顶平平的，似乎还有些软，该长角的地方连一点长角的迹象都没有。驸马在梅妞怀里很不老实，倾向羊母亲那里挣，看样子还是要吃奶。梅妞惩罚它似的，偏不放它走，而是把一根手指头放到它嘴边去了，看它吃不吃。手指头的形状跟奶头差不多，梅妞想试试驸马能否分得清指头和奶头。驸马真是个小傻瓜，它那温嫩的嘴唇居然把梅妞的指头吮了一下。这下可不得了，一种从未有过的奇异感觉通过指头那里掠过全身，好像驸马颤动的嘴唇吮的不是她的指头，而是把她全身都吮到了。这时梅妞产生了一个重大念头，驸马吮一下她的指头尚且如此，倘是借驸马的热嘴把她身上的奶头吮一下又该如何。这个念头一出现，她的脸忽地红透，心口也怦怦乱跳。她像是怕被人看破她的念头似的，悄悄转过头前后左右看。河坡里没有人，有太阳，还有风。风一阵大一阵小。风大的那一阵，草吹得翻白着，像满坡白花。风一过去，草又是青的。草丛里蹿出一条花蛇，曲曲连连向水边爬去。花蛇所经之处，各色蚂蚱赶快蹦走或者飞走了，引起一阵小小的动乱。蛇一入水，蚂蚱们很快恢复安静。岸上的庄稼地边有一个瓜庵子，瓜庵子大概已经废弃了，上面搭的草经风刮雨淋变得非常黑。梅妞相信，瓜庵子里也不会有人。她有些不大放心，放下驸马，到瓜庵子里看过，真的没有人。瓜庵子的地上铺着一层干高粱叶，里面散发着甜瓜的香味。她没有马上离开，在瓜庵子里待了一会儿。她觉得这地方不错，可以做一点秘密事情，比如说，她在这里把自己的上衣解开，把奶子露出来，让小羊羔儿吃一吃，谁也不会知道。也许小羊羔儿不愿吃她的奶，她的奶没有水羊的奶大；水羊的奶里有奶水，她的奶里没有奶水，好比她的奶是一只梨子，梨子还半生不熟呢！

自从水羊生下羔子之后，就不再反对女主人梅妞摸它的奶。梅妞从瓜庵子里出来，挤出一股羊奶，用指头蘸着尝了尝，羊奶淡淡的，有一点甜，用舌尖咂咂，还有一点面，怪不得小羊羔儿吃得那么欢，奶水的味道是不赖。

这天，梅妞没有让羊羔儿吃她的奶，但这个念头再也放不下，一看见皇姑和驸马吃奶，她的念头就升起来了，升到胸前的高处不算，还往高处的顶端升，弄得她的念头越来越强烈。有一天午后，梅妞趁四下里无人，把三只羊领到瓜庵子里去了。她坐下来，把驸马抱上怀，解开上衣的扣子，把一只奶露了出来。她像喂婴儿的妇女做的那样，一只手把驸马托抱着，一只手捏着奶往驸马嘴里送奶头。她的奶头有些小，还害羞似的缩缩着。梅妞把奶头往外拉了拉，以便驸马能吃到。不料驸马不知趣，使劲别着脸，对小主人送到嘴前的奶连挨一下都不挨。它不吃奶，还挣扎着瞎叫唤，好像谁要害它一样。驸马一叫唤，梅妞紧张了，出了一头汗。她慌乱地把驸马的毛嘴摁在她奶上，驸马还是不张嘴。这个事情既然做了，就得做成它。梅妞想了个主意，把水羊的奶水挤出一些，聚成奶珠儿挂在自己奶头上，拿水羊的奶珠儿作诱饵，看驸马吃不吃。这个主意生效，驸马果然噙住她的奶头吃了一下。她只让驸马吃了一下，还没等驸马吃第二下，她就禁不住叫了一声，猛地把驸马推开了。那种感觉奇怪得很，说疼有点痒，说痒有点麻，说麻有点酥，连指甲盖儿都痒酥酥、麻酥酥的，真让人有点受不了。梅妞骂了驸马："驸马，谁叫你吃人家的奶，人家还是闺女家你不知道吗？你真不要脸！"骂着驸马，她仿佛觉得真的受了委屈，眼里泪津津的。她把奶子收起来，用衣服大襟盖上，并系上了扣子。把奶子藏起来后，她对驸马的态度好了些，把驸马叫成乖孩子，说乖孩子吃饱了，到一边玩去吧。

过了一会儿，梅妞禁不住如法炮制，又让驸马吃她的奶。奇怪的感觉迅速流遍全身，她再次把驸马推开了。这次她骂了自己："梅妞，你完了，你的奶让人家吃了，你在瓜庵子里生孩子了！"她刚觉得应该哭，眼泪就下来了。

水羊走到梅妞身边去了，轻轻嗅了嗅她的手。梅妞刚才做那一切时，水羊一声不响地看着她，既不惊讶，也不生气，目光平静得很，好像两个孩子是他们共有的，吃谁的奶都是一样。水羊这样的姿态让梅妞有些感动，她一下抱住水羊的脖子，把自己的脸贴在水羊的脸上。

皇姑大概有些失落，在一旁叫起来。皇姑的叫声使梅妞得到新的借口，她说："皇姑你不用叫，我知道你，我让驸马吃奶了，没让你吃奶，你就不满意对不对。你们俩都是我的孩子，我对谁都不偏心，来，你也吃一口。"皇姑比驸马吃得深，会吃，吃得梅妞直哎呀，直嚷我的亲娘哎。

梅妞看见，一个拾粪的男人一路低头瞅着，沿河坡过来了。梅妞立即停止她的秘密事情，领着羊从瓜庵子里走出来。她怕那个男人在她脸上看出什么秘密，就不看那个陌生男人。谁知那个男人是个多嘴的人，和梅妞和羊走碰面，他夸梅妞的羊不错呀。梅妞装作没听见，不跟他搭腔。梅妞捡的半茶缸新羊粪在地上放着，男人瞅了瞅，问梅妞捡羊粪干什么。梅妞还是不理他。那人喊梅妞"这小妮儿"，问她为什么不说话，还问她："你捡羊屎蛋儿是回家当豆子下锅吃吗？"

这回梅妞不说话不行了，生气地说："你们家才拿羊屎蛋儿下锅呢！"

那个男人嘻嘻笑了："我还以为你不会说话呢，原来会说话呀！我告诉你，你可不敢骂我，你要是骂我，我就把你放倒，摸你的奶。反正这河坡里也不会有人看见。"

梅妞被陌生男人的话吓坏了，她满脸通红，衣襟下面的两只奶子有些胀疼，仿佛已被坏男人摸到了。她躲着那个男人，不敢再说一句话。倒是水羊敢说话，水羊冲拿铁锨的男人叫了一声，并且毫无惧色地看着那个男人，看样子那个男人要是敢于接近它，它就会用头相抵抗。两只小羊也在水羊左右贴身站着，像两个小保镖。羊的良好表现给梅妞壮了胆，使她记起自己是有"队伍"的人，她把头发向后扬了扬，说："羊，羊，咱们走！"

　　既然梅妞让两只小羊羔儿吃了她的奶，她就把小羊羔儿当成自己的孩子，对它们很亲。晚上，梅妞睡在屋里，羊们睡在院子里，小羊只要一叫，梅妞会马上爬起来到院子里看过，她怕野猫、黄鼠狼什么的吓着小羊。重新回到睡梦里，她把小羊羔儿也带到梦里去了，让小羊羔儿贴着她的身子睡，一边是驸马，一边是皇姑。梅妞摸着它们背上光光的，小屁股滑溜溜的，怎么不见它们身上的毛呢？梅妞似乎想起来了，她搂的不是小羊，是小人儿。这两个小人儿是她亲生的，一个是男小人儿，一个是女小人儿，她还分别给他们起了名字，一个叫驸马，一个叫皇姑。生了小人儿，就得给小人儿喂奶。她把两个奶作了分配，驸马和皇姑每人一个，谁也不准抢别人的。她还对皇姑和驸马说，你们是人，不是羊，吃奶时好好的，不许乱顶，谁乱顶我就揍谁的屁股。驸马和皇姑调皮，不听话，刚吃两口就开顶，比小羊羔儿吃奶顶得还来劲。梅妞生气了，把奶头从他们嘴里摘出来，以家长般的严厉口气把驸马和皇姑教导了一通。她教导得声音有些大，把娘给惊醒了，娘轻轻地喊她，问她做梦听什么戏呢，又是皇姑又是驸马的。梅妞醒过来，知道自己的梦话被娘听去了，羞得双手捂胸，不敢出声。娘问她听的什么戏，什么戏呢？反正是戏台上的戏，不是放羊的戏。

　　有一天，梅妞放羊走得离村远了些。几声雷鸣，黑云陡暗，眼看要下一场大雨。如果这时回村，中途一定会浇在雨肚里。她自己不怕雨浇，小羊怕雨浇，要是大雨把小羊浇病就不好了。她当机立断，赶紧把羊领到附近那个废砖窑里去了。她们前脚刚躲进砖窑的门洞，大雨后脚就追来了。那雨真大呀，大得好像天塌了，地陷了，没了天，也没了地，光剩下水。拱形的门洞上方，雨水大块大块往下掉。敞着口子的砖窑也呼呼地往里面灌水。浑浊的水汤子霎时就把梅妞的双脚埋住了，盛羊粪蛋的茶缸子像小船一样被漂得直打转。梅妞把两只小羊抱起来，紧紧抱在怀里。她觉出来了，两只小羊的心脏在咚咚地跳，它们是害怕了。小羊的心跳传染给了梅妞，梅妞的心也不由得跳起来。梅妞害怕另有一层原因，她记起听人说过，这砖窑里藏有一条大蟒蛇，蟒蛇的头大得像笆斗子，嘴一张像血盆子，吃兔子吃鸟都是生吞。还说蟒蛇的吸力很厉害，有野兔到窑口停留，它并不出来，只待在暗处一发吸力，野兔就连滚带爬、稀里糊涂地跑进蟒蛇肚子里去了。梅妞担心，倘若蟒蛇这会儿发现了他们，用嘴一吸，她和羊恐怕都活不成，都得成为蟒蛇的腹中之物。想到这里，她不免往砖窑深处瞥了一眼，里面阴森可怖，窑壁上残留的三条半圆形烟道，每一条都像蟒蛇的身子。她打了个寒战，头微微有些发晕。她想，这不行，蟒蛇吃她可以，要是吃她的水羊、驸马和皇姑，说什么也不行，她拼死也要保护它们。她把驸马和皇姑放到一只胳膊上集中抱着，腾出一只手来，把草筐上的镰刀抽出来了。她准备好了，蟒蛇胆敢出来，她就用镰刀往蟒蛇头上猛砍一气，把蟒蛇的眼睛砍瞎。就算蟒蛇把她吞进肚子里，她也不放下镰刀，还是要砍，最好能把蟒蛇的肠子砍断，肚皮砍破，让蟒蛇永远吃不成东西。她不知不觉地把镰刀握得紧紧的，嘴唇绷着，双目闪着不可侵犯的光芒，一副随时准备拼杀的样子。

这时，她听见滂沱大雨中有人喊她的名字："梅妞！——梅妞！——"她透过雨幕往外一看，是爹找她来了，爹头戴斗笠，身穿蓑衣，正跌跌撞撞地跟狂风暴雨搏斗。

"爹，我在这儿！——"梅妞只答应了一声就答应不成了，她哭了，喉咙哽咽得发不出声音。

驸马和皇姑一天天长大，它们早就不吃奶了，大口大口吃草，吃得膘肥体壮，一身银光。临近春节，爹把驸马和皇姑牵到集上卖了。爹没有给梅妞买做花棉袄的花布，却背回了一只半大的猪娃子。猪娃子长得很丑，比猪八戒还丑，梅妞看一眼就够了。爹一把猪娃子放在地上，猪娃子就扯着嗓子大叫。猪娃子叫得也很难听。

爹只给梅妞买回一块包头用的红方巾。爹说，卖羊的钱买了猪娃子就不够截花布了，等水羊再生了小羊，等小羊再长大，等他把小羊再卖掉，一定给梅妞截块花布，做件花棉袄。

梅妞没说什么，开始了新一轮放羊。

1998 年 4 月 13 日于北京

响器

庄上死了人，照例要请响器班子吹一吹。他们这里生孩子不吹，娶新娘不吹，只有死了人才吹打张扬一番。

大笛刚吹响第一声，高妮就听见了。她以为有人大哭，惊异于是谁哭得这般响亮！当她听清响遏行云的歌哭是著名的大笛发出来的，就忘了手中正干着的活儿，把活儿一丢，快步向院子外面走去。节令到了秋后，她手上编的是玉米辫子，她一撒手，未及打结的玉米辫子又散开了，熟金般的玉米穗子滚了一地。母亲问她到哪里去，命她回来。这时她的耳朵像是已被大笛拉长了，听觉有了一定的方向性，母亲的声音从相反的方向传来，她当然听不进去。

大笛不可抗拒的召唤力是显而易见的，不光高妮，庄上的人循着大笛的声响纷纷向死了人的那家院子走去。他们明知去了也捡不到什么，不像参加婚礼，碰巧了可以捡到喜钱、喜糖和红枣，但他们还是不由自主地去了。他们是冲着大笛吹奏出的音响去的。这种靠空气传播的无形的音响，似乎比那些物质性的东西更让他们热情高涨和着迷。高妮的母亲本打算一直把玉米辫子编下去，编完了高高挂在树杈子上，给女儿作一个榜样。可大笛的音响老是贴着树梢子掠来掠去，她编着编着就走了神，把玉米辫子当成了女儿的头发辫子。她还纳闷呢，高妮滑溜溜的头发什么时候变得像玉米皮子一样涩手呢！作母亲的哑然笑了一下，很快为自己找到一个听大笛的借口：去把高妮找回来。

院子里已经站满了人，高妮的母亲进不去了，只能站在大门口往里看看。响器班子在院子一角，集体坐在一条长板凳上吹奏。他们一共是三个人，一个老头儿，一个中年人，还有一个小伙子。吹大笛的小伙子坐在中间，老头儿和中年人分别在两边捧笙。他们面前置有一张方桌，上面有暖水瓶、茶碗和纸烟。高妮的母亲认出来了，这是镇上崔豁子的响器班子，那个老头儿就是四乡闻名的崔豁子。据说从崔豁子的曾祖父那一辈起就开始吹响器，到崔豁子的儿子这一辈，他们家已吹了五代。换句话说，周围村庄祖祖辈辈的许多人最终都是由他们送走的。他们用高亢的大笛，加上轻曼的笙管，织成一种类似祥云一样的东西，悠悠地就把人的魂灵过渡到传说中的天国去了。吹奏者塌蒙着眼皮，表情是职业化的。他们像是只对死者负责，或者说只用音乐和死者对话，对还在站立着的听众并不怎么注意。他们吹奏出的曲调一点也不现代和复杂，有着古朴单纯的风格。不消说曲调代表的是人类悲痛的哭声，并分成接引、送别和安魂等不同的段落，以哭出不同的内容来。它又绝不模仿任何哭声，要说取材的话，它更接近旷野里万众的欢呼，天地间隆隆滚动的春雷。人们静默地听着，只一会儿就不知身在何处了。有人不甘心自我迷失，就仰起头往天上找。天空深远无比，太阳还在，风里带了一点苍凉的霜意。极高处还有一只孤鸟，眨眼间就不见了。应该说这个人死的时机不错，你看，庄稼收割了，粮食入仓了，大地沉静了，他就老了，死了。他的死是顺乎自然的。

　　大笛连续发出几个直冲霄汉的强音，节奏也突然加快。笙管紧紧地附和着，以它密集的复合音，把大笛的强音接过来，再烘托上去。原来死者的女儿哭着奔丧来了，响器在做呼应的工作。响器推动了死者女儿的悲痛，使女儿家悲上加悲，哭得更加惊天动地。这时响器的声响仿佛是抽象的，统摄性的，对女儿家的哭声既不覆盖，也不吹捧，只是不露痕迹地给以升华，使其成为全人类共享的幸福的悲痛。从高空垂洒的阳光给每一位听众脸上都镀上了金辉，他们的表情显得庄严而神圣。庄民的感觉是共同的，世间有了这样的乐声相伴，死亡就不再是可怕的事情了。

　　有人碰了高妮的母亲一下，示意让她看一个人，那个人是她的女儿高妮。高妮的母亲这才看见了，高妮站在离响器班子很近的地方，满脸的泪水已流得不成样子。死者是别人的祖父，又不是高妮的祖父，两家连姓氏都不相同，可以说没有任何血缘和亲戚关系，高妮不该这样痛心。再说，一个十四五岁的闺女家，当着这么多人流眼泪是不好看的，是丢丑的。高妮的母亲生气了，她生高妮的气，也生自己的气。双重的气愤促使她挤过人群，捉住高妮的胳膊，不由分说就往外拉。

沉浸在乐声中的高妮吃惊不小，好像她在梦境中正自由地飞翔，被外力一拽，突然就跌落在真实的硬地上了，就被摔醒了。还不知道拽她的人是谁，她就恼了，本能地夺着胳膊，作出反抗。当知道了拉住她的翅膀，破坏了她飞翔的不是别人，而是她的母亲时，她就更恼怒了，几乎踢了母亲。母亲强有力的手仍不放松她，一股劲把她拉到院子外头去了，母亲说，你娘还没死，你哭什么哭！

高妮不承认她哭了。

没哭你脸上是什么？是蛤蟆尿吗？母亲松开她，让她用自己的手摸摸自己的脸。

高妮还没摸自己的脸，嘴里浓浓的咸味已作出证实，她确实在不知不觉的情况下流泪了，泪水通过分水岭般的鼻梁两侧，流进嘴角里去了。她用手背自我惩罚似的把眼睛抹了一下，脸上掠过一阵羞赧，辩解说，她不是为死人而哭。

那你为什么哭？母亲问。

高妮说她也不知道。

母亲说好了，回家吧。她往后退着，说不，就不，转身又钻进举丧人家的院子里去了。母亲狠狠地骂了她，可她没听清母亲骂的是什么。或许母亲的骂只是大笛的一个修饰音，轻轻一滑就过去了。让高妮感到失落的是，当她重新挤到响器班子的桌案前时，乐手们停止了吹奏，手指间夹进了点燃的纸烟，送到嘴边的是粗瓷茶碗。有那么一瞬间，高妮没想到乐手们的吹奏告一段落，需要休息一会儿，以为高明的乐手们要换一个吹奏法，把纸烟的细烟棒和大口径的茶碗也会弄出美妙的声音来。停了一会儿，见纸烟和茶碗上升起的只有缕缕细烟，她才意识到都是由于母亲的干扰，她有可能把最好听最动人的部分错过了。这个当娘的可真是的，天上打雷地上雨，别人流泪不流泪关你什么事！好在死者还没有出殡，等不了多大一会儿，响器还会重新吹奏起来。怀着期待的心情，她难免多看了几眼那个吹大笛的小伙子的嘴巴，想听听小伙子说话的声音是怎样的。在她的想象里，小伙子说话的声音应该和大笛是同一个类型，一开口便是鸿鹄般的长鸣。然而小伙子没有说话。不说话也不要紧，在高妮看来，小伙子的嘴巴本身就很特殊，而且漂亮。大概由于嘴唇长期努力的缘故，小伙子唇肌发达，唇面红艳，整个嘴唇饱满结实而富有弹性。如果把这样的嘴唇用指头按一下，说不定唇面在压下和弹起的时候本身就会发出音响。

　　高妮看人家，人家也注意到她了。她被母亲强行拉回去，又自己跑回来，这一点在场的人都看到了。别看小伙子崔孩儿在吹大笛时不怎么抬眼，院子里的一切他仍能尽收眼底。他欢迎这样忠实的听者。崔孩儿以艺人的欢迎方式，把烟盒拿起来，盒口对着高妮伸了一下，意思问高妮要不要吸一颗烟。高妮长这么大还从没有人给她让过烟，这个陌生而崭新的方式把高妮吓住了，她满脸通红，脑子里轰轰作响。她身后站着不少人，有小伙子，也有大姑娘，那些人喜欢逢场作趣，都往前推她。高妮感到有人推她，就使劲坐着身子往后退，她越是往后退，别人越是往前推。毕竟寡不敌众，高妮到底被后面的人推到崔孩儿面前去了，要不是有桌案挡着，那些人或许会一直把高妮推送到崔孩儿的怀里去。在响器班子暂歇期间，一个小姑娘被捉弄，这无疑是一个不错的插曲，于是听众的嘴巴都毫无例外地咧开了，有的嘴巴还迸发出短促的被称为喝彩的声音。这样的欢乐气氛跟院子正面灵堂里的气氛并不矛盾，说不定死者的后人所追求的正是这种效果。我们的高妮小脸红得可是更厉害了，因为她无意间看见大笛手正对她微笑，并把嘴唇噘起来，作出了一个类似吹的姿势。天哪，他难道要吹我吗！人们面对突如其来的荣幸，第一个反应往往不是接受，而是躲避。高妮也是这样，她转过了身，张着双手戗着膀子与推她的人相抵抗。就在这时，响器又吹奏起来。响器一响，人们顿时肃静下来，不把逗高妮当回事了。高妮很快就后悔了，后悔没有接过大笛手递向她的纸烟。不会吸烟怕什么，什么事情都有一个开头，都是从不会到会。高妮还有一个后悔……

死者出殡时，响器班子是在行进中吹奏。送殡队伍可谓浩浩荡荡，络绎不绝。走在前面开道的是两位放三眼枪的枪手，其次才是响器班子，紧随其后的是八人抬的棺木，最后白花花的举哀队伍是死者的孝子贤孙及其亲属。围观的人们不在秩序之内，这些人黑压压的，要比秩序内的人多得多。他们有着较大的自由度，喜欢看什么听什么就选择什么。比如高妮喜欢听响器，她就跟定响器班子，寸步不离。响器在旷野里吹奏，跟在庭院里吹奏给人的感觉又不同些。收去庄稼的千里大平原显得格外宽广，麦苗长起来了，给人间最隆重的仪式铺展开无边无际的绿色地毯。在长风的吹拂下，麦苗又是起伏的，一浪连着一浪。高妮不认为麦苗涌起的波浪是风的作用，而是响器的作用，是麦苗在随着响器的韵律大面积起舞。不仅是生性敏感的麦苗，连河水，河堤外烧砖用的土窑，坟园里一向老成持重的柏树等等，仿佛都在以大笛为首的响器的感召下舞蹈起来。响器的鸣奏对举哀队伍的帮助更不用说，它与众多的哭声形成联动，你中有我，我中有你，浑然天成，不分彼此。关键在于，如果没有响器的归纳和提炼，哭，只能是哭，有了响器的点化，哭就变成了对生死离别的歌咏，就有了诵经的性质，并成为人类世代相袭的不朽的声音。高妮走在响器班子左侧前面一点，为了听得真切，看得真切，她不惜倒退着走路。高妮心中热浪翻滚着，她再次不可避免地流泪了。麦地里腾起的尘土刚黏附在她的泪痕上，后续的更加汹涌的泪水就把前面的泥土冲刷掉了。这样反复几次，高妮差不多成了一个土妮子了。

　　死者入土后，响器班子没有再进庄，他们各自把响器收到布褡裢里，从地里拐上大路，直接向镇上走去。他们走了，高妮怎么办。高妮有些不由自主，也尾随着他们上了大路。他们看见她了，崔豁子扬扬手让她回去。她没有回去，站在了原地。崔豁子他们往前走时，她又尾随过去。他们像是简单商议了一下，崔豁子和大儿子先走，由小儿子崔孩儿站下来等她。按他们通常的理解，这个不难看的小姑娘大概是被崔孩儿迷住了，有一段情缘需要了结。崔孩儿问，你跟着我们干什么？高妮的回答连她自己事先也没想到，她说，我想跟你学吹大笛。崔孩儿眨了眨眼皮说，就你，想学吹大笛，你不是说梦话吧。高妮肯定地说，她不是说梦话。崔孩儿没有从正面答复她，说，那，我让你吸烟，你为什么不吸？高妮说，我吸，你现在给我吧！崔孩儿抽出一颗烟，没交到她手里，直接杵进她嘴里，打火为她点燃。高妮真的不会吸烟，她鼓着嘴，像吹大笛那样吹起来了。崔孩儿让她吸，往里吸，吸深点儿，指了指她的肚子。她这才把烟吸进去了。烟的味道很硬，有点噎人，还有点呛人，但她使劲忍着，没让自己咳嗽出来。她把人家让她吸烟当成一场考试了。她吸着烟，眼巴巴地望着崔孩儿。崔孩儿仍没有答复她，说，你的嘴是不是太小了？高妮心想，这又是关乎能不能让她学吹大笛的大问题，赶紧说，我的嘴不小，你看，你看！她把嘴尽量张圆，凑上去让崔孩儿检验。崔孩儿闻到了她嘴里哈出的少女才有的香气，看到了她灯笼一样的口腔里那粉红的内壁，就微笑着抓自己的脖梗子。高妮注意到了崔孩儿的笑，问，你同意收我当徒弟了？崔孩儿说，这事还得问我爹。他让高妮等等，抢了几步，追上了父亲和哥哥，把高妮的要求向父亲讲了。高妮没有站在原地等，跟着崔孩儿就追过去了。崔豁子回头把高妮上下打量了一下，说，回去请你爹来找我吧！高妮大喜过望，两眼顿时开满泪花，说，那我给您磕头吧！崔豁子制止了她，还是说，让你爹带上你来找我吧。他又补充了一句，告诉你爹，去见我不用带礼物了。高妮一路小跑回去了。崔豁子却对他的两个儿子说，她爹不会同意。

崔孩儿问，要是她爹同意呢？

崔豁子颇有意味地对小儿子笑了笑，说，那就看你小子愿意不愿意教她了。

崔孩儿脸上红了一下。

跟崔豁子估计的一样，高妮家的人不同意高妮去学吹大笛。高妮的父亲外出做工去了，不在家。母亲听了她的想法，直着眼看了她好半天，断定女儿是中魔了。母亲捉过她的手，用做衣服的大针，在她大拇指的指尖上扎了一下，挤出一粒血珠，说好了，睡觉去吧，睡一觉就好了。高妮不去睡觉，告诉母亲，崔师傅都同意收她为徒了。驱魔没收到应有的实效，母亲不会相信中魔人的一派胡言，她进一步把吹大笛和死画了等号，说，我看你是作死啊！高妮听母亲说到了死，她说是的，哪儿死了人就到哪儿去吹。高妮第一次找到了自以为正确的人生方向，她的心情相当愉快，脸上挂满了轻松活泼的笑容。高家的小姑娘笑起来可真灿烂，可真干净！可这些都被母亲看成是高妮着魔的表现，看来可怕的魔已钻进高妮身体里去了，钻得还不浅。母亲说，我可就你这么一个闺女啊！母亲说着眼泪就流下来了。母亲流泪是有用意的，她试试能不能用这种方法把女儿感化过来。无论怎么说，母亲流泪还是值得重视的。高妮反过来做母亲的工作，说等她学成了，就回来给母亲开一个专场，母亲想听什么，她就吹什么。母亲登时大怒，使出了最后的杀手锏：你敢去学吹大笛，我马上把你的腿棒骨打断！

母亲一方面对高妮采取了控制措施，不让高妮走出院门；另一方面紧急给高妮的父亲捎信，让真正的家长回来处理这件棘手的事情。母亲的控制措施就是让高妮干活儿，用活儿占领高妮的手脚。她让高妮接着编玉米辫子，编完玉米辫子准备让她穿辣椒串子，穿完辣椒串子再教她学绣花，反正以打消高妮学吹大笛的念头为原则。

高妮提出不愿意编玉米辫子，愿意穿辣椒串子。母亲作出让步，同意她先穿辣椒串子，辣椒有满满一竹筐，够高妮穿半天的。辣椒是通红的，辣椒的把儿还是绿的，看上去很是美丽。高妮捏起一个辣椒欣赏了一下，穿在线绳上了。辣椒穿在一起像一挂鞭炮。"鞭炮"穿到半截儿，她的手哆嗦了一下，把头直起来了。她听见起风了，风呼呼地，一路吹荡过来。在劲风的吹荡下，麦苗拔着节子往上长，很快就变成了葱绿的海洋。风再吹，麦子抽出穗来，开始扬花。乳白色的花粉挂在麦芒上，老是颤颤悠悠的，让人怜惜。当风变成热风时，麦子就成熟了。登上河堤放眼望去，麦浪连天波涌，真是满地麦子满地金啊！母亲问她不好好干活愣着干什么？她回过神来才听清不是起风，空气中隐隐传来的是大笛的声响。她看了一下母亲，相信母亲没有听到，母亲似乎没长听大笛的耳朵。据高妮判断，大笛声像是从北边的庄子传过来的，离他们的庄子不过四五里。从远处听大笛，大笛的声响不是很连贯，有点断断续续，梦幻一般。它走过河水，走过大路，走过原野，走过树林，是从高空的云端下来的。撩开云幕下来的音乐就不是人歌，而是天歌，或者说是仙乐。这样梦幻般的仙乐听来别有一番韵味，更能牵动人的思绪，让人想到哪里就到哪里，想看什么就有什么。高妮这会儿又看到了一大片荞麦地，荞麦花开得正盛，漫地里都是白的。她想这些花朵也许是蝴蝶吧。这样想着，荞麦花果然变成了蝴蝶。亿万只白色的蝴蝶翩翩起舞，煞是壮观。高妮怎么也坐不住了，她借口去趟茅房，攀上茅房里的一棵桐树，登上茅房的墙头，轻轻一跳，就摆脱了母亲的监控。

高妮来到北面的庄子，果然看见是崔家的响器班子在那里吹奏。崔家名义上是在镇上开理发店，拾掇活人的头发，可周围庄子里老是有死人，他们家就老是有生意做，老是有得吹。也许在他们看来，打发死人比伺候活人更重要。高妮把崔豁子喊成爷爷，说爷爷我来了。崔豁子的嘴正接在笙管上，腾不出嘴跟她说话。好在吹笙者的脑袋总是一点一点的，高妮理解为爷爷对她的到来点头了。正吹大笛的崔孩儿，两边的腮帮子鼓得像分别塞了鸡蛋，也没法跟她说话。当她目不转睛地向崔孩儿报到时，崔孩儿也用眼睛跟她交流。崔孩儿的眼睛光闪闪的，很亮。这表明崔孩儿的话也说得很亮，让高妮感到欣喜。响器暂歇时，崔豁子问高妮，你爹怎么没来？高妮撒了谎，说她爹在外地打工，还没回来。她母亲不敢见人，就让她自己来了。崔豁子问，你没说谎吧？高妮摇头。崔豁子还有问题，要是你爹用绳子把你绑回去，你还来不来？高妮说，来。崔豁子说那好，你先学敲梆子吧。崔豁子弯腰从搭在长条板凳上的褡裢里取出一副梆子。梆子是两件套，一圆一扁，一瘦一胖。梆子乍一看是黑色的，再看黑里却透着红，闪耀着厚实的暗光。高妮没料到梆子会如此光滑，她刚把梆子接到手里，出溜一下子，那只椭圆微扁的梆子就从手里滑脱了，比一条鱼儿蹿得还快。高妮赶紧把梆子捡起来，抱歉似的对爷爷笑了一下。爷爷说，我看你是喜阳不喜阴。这句话高妮没有听懂。

两个儿子都明白老爷子的心思。三月里，邻镇逢庙会，他们的响器班子应邀去和另一支响器班子比赛。比赛难解难分之际，对方突然使出一件秘密武器，让一个女子担纲吹起大笛来了。女大笛手一上阵，他们这边的听众很快被吸引过去了。尽管女子吹得不是很好，中间出了不少漏洞；尽管他们爷儿仨使出了浑身解数，但原本属于他们的听众还是没有回头，一边倒的形势到底未能扭转。那场比赛对老爷子是一个打击，也是一个刺激，他说，现在的人爱听母鸡打鸣，谁也没办法。看来老爷子也要培养一名女将了。

高妮不知道梆子怎么敲。爷爷让高妮看他的脚，手跟着他的脚走，他的脚板子往地上轻合一下，高妮手中的梆子就敲一下。高妮敲响梆子的第一声几乎把自己吓了一跳，梆子声这般脆朗清俊，哪像是木头发出的，简直是金玉之音。这么好的梆子不是好敲的，敲响容易，敲到点子上难。爷爷让她看着爷爷的脚敲，她倒是看了爷爷的脚，可她不是敲晚了就是敲早了，敲晚了如同敲在了爷爷脚下的空地上，敲早了呢，就如同敲在爷爷的脚踝骨上。爷爷皱起了眉头，样子像是有些痛。她想可能是自己敲慢了，敲得不够勤快，于是加快了速度。这下更不得了，对于爷爷来说，她这么干等于沿着爷爷的腿杆子一路敲上去，一直敲到膝盖骨那里。爷爷脚板合地的力量加重了，跟用脚跺地差不多。爷爷还瞪了她一眼，这一眼瞪得好厉害哟，高妮头上出汗了。

高妮的父亲是在镇上崔家的理发店找到高妮的，其时高妮正对着整面墙一样宽的镜子在梳理头发。父亲对她做得和颜悦色，没有露出任何恼怒的迹象。父亲说给她买了一身衣服，让她回家穿上试试。走到街上，父亲给她买了一串冰糖葫芦，还把人家找回的零钱给了高妮。高妮长这么大了，父亲还从没给过她这么高的待遇，她差不多有些感动了。回到家，父亲把自己的做法总结了一下，对女儿说，你想穿什么，爹给你买；你想吃什么，爹给你买；你想花钱，爹给你；不管你想要什么，爹都尽量想法达到你的要求，只是千万别再去学吹大笛了，吹大笛不是女孩子家干的事。高妮没有说话。父亲用现实的观点对高妮晓以利害，说现在外面的男人都不好，高妮到了男人堆里，也会变得不好，那样的话，以后嫁人就难了，就嫁不出去了。

高妮说，嫁不出去就不嫁。

父亲让她再说一遍，她果真又说了一遍。那么父亲只好拿她的皮肉说事。父亲下手很重，把她打哭了。她听见了自己的哭声，哇哇的，通畅而嘹亮，像是从肺腑里发出来的，底气相当足，跟大笛的声音也差不多吧。父亲不许她哭，命她憋住，憋住！这就是父亲的权力，把她打疼，又不许她哭喊。从她很小起，父亲就对她行使这种权力。过去父亲让她憋住她就憋住，憋得眼珠子都疼了，这一次她不打算听父亲的话了。特别是当她听见自己的嗓门潜力这么大，声音器质这么好，几乎可以和翻卷着金属嘴唇的大笛相提并论，心中一阵狂喜，决定这次放开算了。于是她往大里调整了一下口型，哭得更充分些。好比哭丧的来了，大笛要掀起一个高潮，她配合父亲的猛揍，也试着给自己的哭喊掀起一个小小的高潮。父亲像是忽略了她的人体本身同时又是一个发声体，对她突然爆发出的洪大哭声显得有些出乎意料，还有那么一点惊慌。父亲的办法是拿过一块毛巾，塞进她嘴里去了。说来高妮的警惕性还是不够高，见父亲抓起一块毛巾，她还以为父亲动了恻隐之心，要为女儿擦一擦眼泪。毛巾的运行方向大致上是对的，只是具体落实时，没落实在眼睛上，而是落实在她洞开着的嘴巴里去了。这一下事情变得比较糟糕，毛巾吐不出来，咽不下去，她哭喊不成了。

鼓着腮帮子貌似吹大笛的高妮，只能在脑子的记忆里重温大笛的音响。大笛响起来了，满地的高粱霎时红遍，它与天边的红霞相衔接，谁也分不清哪是高粱，哪是红霞，哪是天上，哪是人间。然而好景不长，地上刮起了狂风，天上下起了暴雨。那风是呼啸着过来的，显示出无比强大的吹奏力。地上的一切，不管是有孔的和无孔的，疾风都能使它们发出声响。屋顶的茅草被卷向空中，发出像是雨燕的叫声。枯枝打着尖厉的口哨。石磙发出的声音闷声闷气。土地的声响跌宕起伏，把历代刀兵水火的灾变性声响都包括进去了。大风把成熟的高粱一遍又一遍压下去，倔强的高粱梗着脖子，一次又一次弹起来。高粱对陡起的大风始终持欢迎态度，高粱叶子不断哗哗地鼓掌。红头涨脸的高粱穗子是把酒临风的诗人风度，一再欢呼：好啊！好啊！暴雨显示的是快速打击的力量，谁敲梆子也比不上暴雨敲得快，再密集的鼓点也不及雨点密集度的千万分之一。这还不算，暴雨的声响带有上苍的意志，惟我独尊，是覆盖性的，它一下来，地上的万物只得附和它。暴雨下了几天几夜，红薯被淹没了，谷子被淹没了，地里白水浸浸，成了一片汪洋。这时候，高粱仍有上佳表现，举出水面的高粱如熊熊燃烧的火炬，暴雨不但浇不灭它，经过暴雨的洗礼，大片的高粱简直成了火的海洋。可是，人们吃不住劲了，纷纷扎起木筏子，一边饮泣，一边从水里捞谷子，捞豆子……高妮脑子里的大笛响到这里，眼泪又禁不住滚落下来。

　　等到高妮脑子里的大笛响到下一个乐章，漫天的大雪就下来了。大雪虽然也是水变成的，但它是固体，而不是液体，它落在哪里，就在哪里积累下来了。坟成倍地扩大着。草垛上面像是又增加了一个草垛。树枝上的雪越积越厚，白色鸟般栖满一树。枝条越压越低，终于承受不住，"白色鸟"乱纷纷落地。树枝刚恢复到原来的位置，后来的"白色鸟"又争先恐后地落在上面。地里的清水井被称为大地的眼睛，雪在井沿边神工般地往中间砌着，井口越收越小，后来终于连大地的眼睛也给遮盖住了。不用看了，天地间满满当当，都被大雪充塞了，整个世界都是白的。你想看什么也看不到了，世界上仿佛什么都没有了，一种被称为白色或者无色的颜色轻轻一涂，整个世界就变成了空白。可大雪还在下着。谁要以为落雪无声那就错了，它是无声胜有声，在人们心上隆隆轰鸣。在轰鸣声中，人们退回来，垂下头，真的无话可说了，只有流泪的份儿了。高妮的眼泪流得可真痛快，她的双眼就那么张着，眼泪无遮无拦，汹涌而下。

母亲把她嘴里的毛巾掏出来时，是让她吃饭。她咬紧牙关，当然不会吃。母亲解开捆她的绳子，她还是不吃。她不光不吃饭，连话也不说了。

父亲请来了一位亲戚，帮着做高妮的说服工作。这位亲戚是一位慈善的老太太，老太太的三个儿子都进入了上流社会，她因此被当地尊为教子有方的人。老太太用历史的观点，说吹大笛属于下九流里面的一个行业，一个人如果选择了吹大笛，一辈子就被人看不起了，死了也不能埋进老坟里。老太太说得苦口婆心，高妮仍坚持绝食，拒绝说话。后来老太太说了一句话，这句话让高妮感恩戴德。老太太对高妮的父亲说，人各有志，算了，给孩子一条活路吧！

高妮实现了自己的诺言，父亲打了她，绑了她，都没能改变她学吹大笛的决心。她也有不明白的地方，崔爷爷怎么就料到父亲要绑她呢？看来人一老就跟神仙差不多了。崔爷爷说，行，我看你这孩子能学出来。他指定崔孩儿当高妮的师傅。

崔孩儿一开始并没有教高妮学吹大笛，高妮刚把大笛摸住，他就不让高妮动。高妮说，师傅，你教我吧。师傅说，你过来。高妮走到他跟前，他却努起自己的嘴去找高妮的嘴。高妮对师傅这样做不大适应，还是说，你教我学吹大笛吧。师傅说，你不要犯傻，我这不是正在教你嘛！他拿起大笛，让高妮数数大笛上有几个孔。高妮数了。师傅说，你再数数你自己身上有几个孔。高妮仰着脸在心里数了一下，不错，她身上的孔和大笛身上的孔一样多。既然如此，她愿意听凭小师傅从她嘴上教起。崔孩儿小师傅不愧是一个吹家，他一会儿就把高妮身上的孔全吹遍了。当吹到关键的孔时，高妮就响起来了。之后，高妮趁机向师傅提了一个问题，爷爷为什么说她喜阳不喜阴。师傅解答道，那对梆子，圆的为阳，椭圆的为阴。你把圆的抓在手里，椭圆的掉在地上，不是喜阳不喜阴是什么。师傅还说，你喜欢我就是喜欢阳。高妮没有否认。

没人会关心高妮为练习吹大笛吃了多少苦，受了多少罪。一个人来到世上，要干成一件事，吃苦受罪是不言而喻的。两三年后，高妮吹出来了，成气候了，大笛仿佛成了她身体上的一部分，与她有了共同的呼吸和命运。人们对她的传说有些神化，说大笛被她驯服了，很害怕她，她捏起笛管刚要往嘴边送，大笛自己就响起来了。还说她的大笛能呼风唤雨，要雷有雷，要闪有闪；能让阳光铺满地，能让星星布满天。反正只要一听说高妮在哪里吹大笛，人们像赶庙会一样，蜂拥着就去了。

消息传到外省，有人给正吹大笛的高妮拍了一张照片，登在京城一家大开本的画报上了。照片是彩色的，连同听众占了画报整整一面。有点可惜的是，高妮在画报上没能露脸儿，她的上身下身胳膊腿儿连脚都露出来了，脸却被正面而来的大笛的喇叭口完全遮住了。照片的题目也没提高妮的名字，只有两个字，响器。

2000年1月11日早6点写毕于西安

幸福票

孟银孩拥有三张幸福票了。他把幸福票和自己的身份证相叠加，放进一个柔韧性很好的塑料袋里。可着身份证片子的大小，他把塑料袋折了一层又一层，折得四角四正，外面再勒上两道皮筋，才装进贴身的口袋里。

　　对于外出打工的孟银孩来说，身份证当然很重要，没有身份证就无从证明他从哪来到哪去，姓什名谁，他的存在就像是虚妄的存在，简直寸步难行。可是，在没获得幸福票之前，他都是把身份证放在挂于宿舍墙上那个帆布提包的偏兜里，从没有像现在这般珍视。实在说来，他把身份证与幸福票包在一起，是利用身份证的硬度和支撑力，对比较绵软的幸福票提供一些保护。是身份证沾了幸福票的光，有了幸福票，身份证才跟着提高了待遇。幸福票关系到人的幸福，可见一个人的幸福比身份更重要。

不管下窑上窑，孟银孩都把那牌块形状的宝贝东西随身带着。趁擦汗的工夫，他都能把幸福票摸上一摸。他在裤衩贴近小腹的地方缝了一个暗口袋，幸福票就在暗口袋里放着。隔着被汗水湿透并沾满煤污的工作服一摁，他就把幸福票摁到了。幸福票贴向腹部时，他似乎感到了幸福票与他的肌肤之亲。汗水是流得很汹涌，裤裆里黏得跟和泥一样。这不会对幸福票构成半点损害，他相信幸福票的包装和密藏都绝对万无一失。

　　在窑上洗澡时，孟银孩的裤衩也不脱下来。窑上供给的洗澡水是定量的，每人每天只有一盆。他只能小洗，不能大洗。外面已是寒冬，宿舍里生了一炉煤火。他把属于自己的那盆水放在火头上燎一燎，用一根手指插进水里试试，觉得水温差不多了，就脱下工作服开始洗。他的手很黑，连双手指甲的光滑面上都沾了煤粉，成了黑的。就在他用一根手指试水温的当儿，那根手指就像是一管带有墨汁的毛笔，一入水黑色就扩散开了，无色透明的水霎时变成有色乌涂的水。他洗了脸，再洗脖子，身上也简单擦一擦。他洗澡用的毛巾本来是印有红花绿叶的，用过一两次后，花也没了，叶也没了，都变成煤炭了。他没有洗头。每天都不洗头。两个多月没去理发，他的头发已相当长了。这样长的头发是存煤的好场所，洗是洗不起了。他相信，要是用一盆水洗头的话，盆里至少会沉淀半盆子精煤。

　　跟孟银孩一块上窑的有好几个窑工，他们有的只洗洗脸，连脖子都不洗。有的却站在火炉旁，脱光身子，把身前身后都洗到。有一个叫李顺堂的家伙，特别重视清洗被他自己称为老大的生殖器官，他把那玩意儿前前后后、里里外外、皱皱褶褶都洗得很仔细，还抹上洗头用的膏子，在上面搓出一大片白沫。这还不算，他事先舀出一茶缸子清水，把清水温得不热不凉，一手托着那玩意儿，一手倒水冲洗。清洗摆弄期间，他的老大蓬勃得红头涨脸，一直处于亢奋状态。为此，他颇为得意，炫耀似的问别的窑工：怎么样？棒不棒？好使不好使？

别的窑工没人回答他的问题，只是拿眼瞥了瞥，没怎么表示欣赏。这玩意儿你有我有他也有，谁也不比谁的差。他们都把目光转向了孟银孩。

孟银孩顿生抵触，他在肚子里骂了一句娘，心说：你们都看我干什么！昨天，李顺堂提出跟他借一张幸福票，他拒绝了。他心里明白，这会儿别人看他是假，关注他的幸福票是真，目的还是引导李顺堂再向他讨借幸福票。他转过身子，给别人一个后背，把腹前的幸福票掩护起来。他把毛巾绞绞，在裤衩里面草草擦几把就算了，换上了在地面穿的绒衣和绒裤。

李顺堂双手推着两块后臀，把老大的矛头对着孟银孩指了两指。他虽然是凭空指的，因动作比较夸张，还是把人们逗笑了。

背着身子的孟银孩不知别人为何发笑，他猜大概是李顺堂在他背后使坏。

李顺堂自己不笑，他说：孟师傅，你干吗老是放着幸福不幸福，小心幸福票发了霉，黑头发的小姐变成白毛老太太。

孟银孩说：你怎么知道我不幸福？

李顺堂有些惊奇：这么说你是幸福过了，好，你总算想通了。你什么时候去幸福的，给咱哥们儿讲讲怎么样？

孟银孩不讲，他说没什么好讲的。他不能像李顺堂，好几个月总共才挣到一张幸福票。李顺堂领到幸福票的当天，烧得屁股着火，急忙赶到"一点红"歌舞厅就把幸福票花掉了。回来后，李顺堂把小姐夸成没下过蛋的嫩鸡，向满世界的人宣讲。李顺堂讲一回，添油加醋一回，好像他不止幸福一回，而是幸福过一百回了。

李顺堂知道孟银孩有三张幸福票。窑上的人都知道。关于幸福票的奖励政策是明的，只要小月下够三十个窑，大月下够三十一个窑，哪个窑工到月底都可以得到一张幸福票。窑主给窑工发幸福票时也是明打明，窑主说：这是好事，喜事。别看这一张小纸片，里面自有颜如玉，它代表着本老板给你发小姐呢，发媳妇儿呢，知道吧！李顺堂不相信孟银孩的三张幸福票都花完了，问：你不是有三张幸福票吗？怎么？一次都花完了？你是怎么花的？难道把小姐排成一排，你来了个一对三？

孟银孩想象不出一对三是什么样子，又不是打扑克，搓麻将，什么一对三，三对一！他说：我的票子我当家，想怎么花就怎么花，你管不着。

此时李顺堂已把老大收拾停当，用卫生纸擦拭一下，把老大装起来了。他知道孟银孩是个抠门儿的家伙，说不定连一张幸福票都没舍得花。他到底再次开口，让孟银孩把幸福票借给他一张，等他到月底把幸福票挣下来，一定还给孟银孩。

孟银孩没搭理李顺堂，到地铺上拉开被子睡觉去了。他觉得李顺堂这个人太没脸没皮，昨天说了不借给他，他今天又来了。现在幸福的地方多得是，听说泉口镇南边那个丁字路口，一街三面都是歌厅。没有幸福票也没关系，只要肯花钱，随便走进哪个歌厅都能得到幸福。钱就是另一种幸福票。李顺堂不想花钱，又想幸福，天下哪有这种道理！

不料李顺堂对孟银孩说：我知道你的幸福票在哪里放着，小心我给你偷走！

孟银孩说：你敢！他样子有些恼，说李顺堂要是敢偷走一张，他就让李顺堂赔他十张。

李顺堂却笑了，说：怎么样，我说他的幸福票在裤裆里掖着，一张都没花，我没说错吧！

这个狗日的李顺堂，原来是拿话试他。他也难免有点吃惊，李顺堂怎么会知道他的幸福票所藏的地方呢？说不定这小子已经偷过他了，因偷不到幸福票，李顺堂只好往他身上的隐秘处诈唬。在被窝里，他的手不知不觉往下运行，摸到那塑料包还完好地存在着，他的手没有马上离开，而是踏踏实实地把幸福票连同身份证都捂住了。他觉得这地方仍是最保险的，就算李顺堂知道了幸福票藏在哪里，狗小子也没办法偷走。只要他的裤衩还穿在腰里，幸福票没穿在肋巴骨上也差不多。孟银孩正值壮年，不是不懂得幸福票的妙处。他只要到窑主指定的"一点红"把幸福票交上一张，就会有一位小姐主动为他服务，搂腰可以，亲嘴儿也可以，摸小肚子可以，他想让人家怎样服务，人家都会满足他的要求。他的窑哥子手持幸福票，到那里接受服务的不是一个两个了，他们每个人回来都有一套说头，每个人说的都不一样，仿佛他们尝到的不止是"一点红"，而是八点红，九点红。孟银孩手里攒下了三张幸福票，这意味着他手里握有三个小姐，每个小姐都够他幸福一气的。他似乎觉得手下有些跳动，像是小姐们等不及了，从幸福票上走了出来，争着对他献殷勤，还动手捞摸他的下身，这个一下，那个一下。他正有些招架不住，被捞摸的那个东西腾地跳将起来，把自己的形象树立得颇为高大，像个勇士，并仿佛自告奋勇似的说：我来了，一切由我对付！孟银孩没有让"勇士"由着性子来，他只是笑了一下，没有拍"勇士"的头，连一句鼓励的话都没说，而是把"勇士"晾在了一边。再勇敢的"勇士"也经不起这种晾法，不一会儿，"勇士"自己就泄气了，就蔫下去了。

孟银孩之所以舍不得把幸福票花出去，主要是因为幸福票是有价证券。窑主说过，一张幸福票顶三百块钱呢。窑工把幸福票在小姐那里花掉，小姐拿着幸福票找到窑上账房，每张幸福票账房就得支付给人家三百块钱，一分钱都不能少。孟银孩一听就把幸福票的价值记住了，乖乖，三百块钱哪！老婆在家辛辛苦苦种地，一亩麦子从头年秋天长到第二年夏天，一年四季都经过了，打下的麦子也不过值个二三百块钱。而他一张幸福票的价钱就能买到一亩地的麦子。再拿鸡蛋来换算。去年中秋节，出了嫁的妹妹回娘家看望年近八十的母亲，给母亲用手巾包了一兜鸡蛋。这些鸡蛋母亲自己舍不得吃，也不让别人吃，说拿到街上卖了称盐。鸡蛋就那么有数的几个，老婆悄悄数过了，母亲趁人不在家拿到方桌上也去数。鸡蛋在桌面上是会滚动的，母亲的手没鸡蛋快，结果有一个鸡蛋从桌子上滚到地上摔碎了，摔得黄子涂地，捧都捧不起来。老婆发现鸡蛋少了一个，怀疑母亲煮着吃了。母亲既不承认自己吃了，也不敢说明是她数鸡蛋时把鸡蛋摔碎了，只是一次次指天赌咒，咒赌得又大又难听。那天儿子学校没课，在里间屋写作业，儿子把母亲摔碎鸡蛋的事看见了。在老婆和母亲因一个鸡蛋闹得不可开交的时候，儿子出来作证，把母亲摔碎鸡蛋的事实揭发出来了。母亲羞愧难当，哭得昏天黑地，两天不吃不喝，差点归了西。孟银孩每想起这件事就心情沉重，一个鸡蛋才值多少钱！他要是把一张幸福票换成钱的话，够买一千个鸡蛋都不止。试想想，他怎能舍得轻易把几亩地的麦子和几千个鸡蛋扔到那个不见底的地方去呢！还有，他女儿考进了县里的一所中专，每年的学费就得好几千。家里翻盖房子更是大事，更需要一笔大钱。儿子眼看就到了说亲的年龄，如果房子翻盖不成，就没人给儿子提亲。儿子结不了婚，就不会生孙子，就等于他家从此绝后了。这是万万不行的。孟银孩是一个有远见和对家庭负责任的人，对比幸福票里所包含的小姐，他更看重幸福票的金钱价值。

当李顺堂再次提到他的幸福票时，他口气有所松动，答应可以商量。商量来商量去，因差距太大，二人最终未能达成协议。李顺堂问他一张幸福票想卖多少钱。他表示并不多要，窑主说值多少钱他就收多少钱。李顺堂说：你想卖三百？狗屁！你也不打听打听现在的行情，小姐多得都臭大街了，五十块钱就能泡一个。别说打野鸡了，干一只外国飞来的白天鹅也花不了三百。

孟银孩也知道幸福票卖不出原价，买卖心思不相投。一开始他不能自己降价。他问李顺堂愿意出什么价。

李顺堂向他伸出后面的三根指头。

孟银孩心上一喜，李顺堂出的价钱跟他想要得到的数目不是一样吗！这个李顺堂，真会开玩笑。

然而李顺堂说了：请你不要误会，我一根手指头只代表十块。

孟银孩的眉头顿时皱起来，要李顺堂不要开玩笑。

两个人又协商了一会儿，孟银孩咬咬牙作出重大让步，把一张幸福票的价钱退到二百五十，说他再也不能让了。李顺堂也拿出了应有的姿态，把价钱加到五十，说这就是最高价了，多一分他都不出。二人的买卖到底没能做成。买卖不成仁义在，李顺堂还是劝孟银孩只管到"一点红"玩一把，一个女人一个坑，坑与坑各不相同，只有到不同的坑里去扑腾，才能真正体会到做男人的幸福。

孟银孩说：小心坑里的水呛了你的肺管子！

李顺堂说孟银孩是死脑筋，不开窍。

天越来越冷，外面下起了小雪。天越冷，煤越好卖。从窑下提出来的新煤还冒着热气，雪花在煤上还没停住，就被等在窑口的大斗子汽车装走了。据说这个小煤窑的窑主很会做生意，煤价比国营大矿低得多。他采取的是薄利多销的策略。他还有一个重要的营销手段，谁来买他的煤，他就给人家一些回扣。回扣里除了现金，还有一张两张幸福票。那些买煤的人和拉煤的司机对幸福票都很感兴趣，一得到幸福票就拍着窑主的肩膀哈哈大笑，夸小窑主善解人意，够意思！够意思！离春节还有一个多月，窑主对窑工的奖励政策也有所调整，这月谁只要下够二十六个窑，就可以得到一张价值四百块钱的幸福票。幸福票的价值为什么提高了呢？窑主解释说，节前"一点红"的生意比较好，价格有所上调，所以幸福票的含金量也跟着相应增加。

孟银孩暗自庆幸，看来他没急着把幸福票出手就对了，幸福票不但保值，还增值。这才叫有福不在慌，无福跑淌浆。孟银孩也有了新的想法，幸福票的价钱眼下恐怕是最高的，他得抓紧时机，赶快把幸福票抛出去。等过了春节，幸福票的价钱肯定下跌，那时再出手就不划算了。

孟银孩正发愁通过什么渠道才能把幸福票换成现金，这天午后，"一点红"的一位小姐到窑工宿舍来了。小姐穿着一件银灰色羽绒长大衣，腰身勒得很细。小姐的个头儿不是很高，但她的鞋很高，鞋底很厚，人就显得高了。小姐的眉毛很黑，脸很白，嘴唇很红。小姐轻轻一笑，全宿舍的窑工都傻了，谁都笑不出来。有的窑工跟这位小姐打过交道，问她是不是送货上门。

小姐说：送货上门又怎么样，现在讲究提高服务质量嘛！

话一说开，窑工们都兴奋起来，纷纷跟小姐说话，让小姐坐。

小姐看看哪儿都是黑的，没有坐，说：看你们这儿脏的，跟猪窝似的。

李顺堂接话：你说对了，我们这儿就是猪窝。你来了就不能走了，什么时候给我们生下一窝猪娃子再说。

小姐说：不走就不走，你们谁手里还有幸福票？

原来小姐是上门收购幸福票来了。大家一致推荐孟银孩，说他放着三张幸福票呢。

小姐样子有些惊喜，说：真的？遂向坐在地铺上的孟银孩走去。

孟银孩一直没有说话。不知为什么，他胸口怦怦跳，心里有些紧张。他觉得这位小姐的确长得很漂亮。

小姐对孟银孩评价说：这位大哥一看就是个好人，是个知道顾家的人。

孟银孩被小姐恭维得头皮发燥，脸也有些红，不说话不行了，他说：你不要听他们瞎说，我哪里有幸福票。他问小姐叫什么名字。

小姐说，她叫小五红。

小五红？你姓小吗？

小五红说，她不姓小，小五红是她的艺名。小五红认为他们这里还挺暖和，解开外面系成花儿的腰带，把大衣敞开了。小五红里面穿一件紧身乳白色细羊毛衫子，奶子把衫子顶得很高，眼看要把衫子顶破。小五红一解开怀，一股子香气忽地就冒出来。她对孟银孩说：在外面打工多不容易呀，有福该享就享，有福不享过期作废。

别的窑工都赞成小五红的观点，把小五红的话接过来递过去地重复。他们的眼睛都火火地亮着，鼻翅子张得很宽。李顺堂已有些跃跃欲试，急于给窑哥子们作一个榜样，他说：你们都出去，我跟小五红单独练练。他又以命令的口气，让孟银孩把幸福票给他留下一张。

孟银孩还是否认他有幸福票。

这时有一个窑工提议：咱们都出去吧，给孟师傅创造一个机会。咱们都在这里，人家孟师傅想幸福也没法幸福呀！

这话有理。窑工们有的穿鞋，有的披衣，准备出去暂避。李顺堂样子不大情愿出去，对孟银孩说：嘴馋够不到自己的鸡巴，别放着好鸡肉吃不到嘴里。他走到小五红跟前，把小五红的小鼻头捏了捏，赞叹说：女人真是好东西呀！

小五红回敬说：男人也是好东西呀！

孟银孩当然不会单独跟小五红留在宿舍里，他不知道那将会出现怎样的局面，别人穿鞋，他也到地铺外面去穿鞋。

窑工们上去拢住他的肩膀，把他摁在地铺上，不许他穿鞋出去，说他要是出去了，把新娘子一个人留在屋里算怎么回事。李顺堂还一脚把他的大头棉鞋踢飞了，说去他妈的。

孟银孩恼了，骂了人，仿佛别人要合起伙来把他往火坑里推，嚷着，放开我，放开我，你们要干什么！结果，别人还没出去，他自己倒先蹿出去了。

孟银孩没去过"一点红"歌舞厅，他见到了小五红，就算认识"一点红"的人了。这使他想出一个新办法，要和小五红进行一笔交易。他打算把幸福票交给小五红，并不动小五红，托小五红到窑上的账房把钱兑换出来，然后给小五红一定的好处费。当然了，他只能先交给小五红一张幸福票，探探小五红的路子，要是交易顺利的话，他再交给小五红第二张，第三张。他想到了，也许小五红会使劲贴他，纠缠他，让他把幸福票花在她身上，再独吞幸福票的票款。为了避免出现这种情况，为了防止到时候自己管不住自己，他找了一个背人的地方，把自己攒了好久的热东西做出来了。他眯缝着眼，是想着小五红的可人样子，念着小五红的名字做的，仿佛真的和亲爱的小五红把好事做成了。当他最终看着自己很有质量的东西抛洒在肮脏的、冻得很硬的土地上时，未免长长地叹了一口气，觉得他的东西可惜了，真的可惜了。他从小就听人说过，男人吃十口饭才能生成一滴血，十滴血才能变成一滴精华，这么一大片子精华，需要吃多少饭才能长出来啊！

　　孟银孩是趁晚上到泉口镇的"一点红"歌舞厅的。半路上，他把塑料包掏出来，剥开，取出一张幸福票来。幸福票就是一张薄纸片，上面印有幸福票三个黑字，加盖着窑上的红色公章，很像以前使用过的地方流通粮票。他把捏着幸福票的手别进裤口袋里，找了半条街，费了好大工夫，才把"一点红"找到了。那里歌舞厅太多，一家挨一家。门面上灯光也差不多，都是一片炫人眼目的乱红。不管他走到哪家歌舞厅门口，都有人跟他打招呼，把他叫成先生，让他里边请。对于这样的热情，孟银孩有些不大适应，他没敢说话就走过去了。"一点红"三个字也是由霓虹灯组成的，只是点字下面的四个点不亮了，成了"一占红"。孟银孩正在门外找占字下面的四点儿，老板娘已到他身边来了，介绍说她们这里是有名的"一点红"，请进去点吧。

　　孟银孩问她们这里是不是有个叫小五红的。

　　老板娘说有呀，小五红可是她们这里最红的小姐，夸他这位先生真是好福气，不知怎么就把小五红点准了。老板娘一边把他往歌舞厅里领，一边喊小五红出来迎接客人。

歌厅里有不少旁门，小五红应声从一个小门里转出来了。小五红一见是孟银孩就笑了，老相识似的说：大哥是你呀，我就知道你一定会来找我。说着抱住孟银孩的一只胳膊，轻轻一拥，就把孟银孩拥进一间小屋里去了。小屋无窗，灯光也比较昏暗，墙根儿放着一只宽展的长沙发。小五红把孟银孩安置在沙发上，问他用点什么。孟银孩头脑涨着，听不懂小五红说的用点什么是什么意思。小五红说：请问你是喝酒？喝饮料？还是喝茶？

孟银孩这次听懂了，他摇头，说他什么都不喝。

小五红说：那，大哥给我买盒烟抽吧！

小五红的话说得这样明白无误，孟银孩还是听错了，他以为小五红让他抽烟，说：我不抽烟。孟银孩紧张成这种样子，当然是小五红造成的。小五红的穿戴与那天去窑工宿舍不同些，她下面穿着超短的裙子，把两条结实的好腿甩了出来。她上身穿一件细背带黑色羊绒衫，两只肥奶子半遮半掩，紧紧挤在一起，挤得冒突着，眼看要白光一闪，滑脱出来。孟银孩心口跳得嗵嗵的，装在裤兜的手指分泌出一层黏黏的东西，几乎把幸福票浸湿了。

小五红把唱歌机打开了，递给孟银孩一支唱筒，让他唱歌。他不唱。小五红拉他起来跳舞。他也不跳。那么小五红问他：你是不是现在就要做？

孟银孩问做什么？

小五红说：大哥知道做什么。好了，把幸福票拿出来吧。

孟银孩没把幸福票拿出来，总算把来意说出来了。

小五红样子有些惊讶，说大哥真会说笑话，常言说水往低处流，我要是把票换钱给你，那不成了水倒流了？我们这里历来没这个规矩。好了，来吧，我帮大哥把外面的衣服脱下来，看大哥热得这一头汗。

孟银孩往头上摸了一把，果然沾了一手汗水。不知为何，他觉得沾在手上的汗水是凉的。他拒绝小五红给他解扣子，问小五红能不能再商量商量。

小五红说：一张幸福票做一次，没什么好商量的。大哥别坏我们的生意，我们挣点钱也不容易。

事情没有商量的余地，孟银孩不说话了。

小五红以为他动了心，遂将一条白胳膊搭在他脖颈上，另一只手去摸索他裤子前面的开口，说小妹都着急了，来，让我看看大哥的家伙大不大！

这叫什么话！此地不可久留，再待下去非坏事不可。孟银孩猛地从沙发上站起来了，摆脱小五红，夺门而去。他听见小五红和老板娘从歌厅里跟了出来，老板娘问怎么回事，小五红说：哼，傻驴一个！

孟银孩只得来到窑上的账房，问会计幸福票能不能直接换成钱。会计是一个上岁数的人，按照财务制度，他让孟银孩去找老板在幸福票上签字，老板签多少钱，他给孟银孩兑换多少钱。

老板就是窑主。孟银孩去找窑主签字之前，费了好几天犹豫。他知道窑主是很厉害的。一个窑工在幸福票的问题上不知说了句什么不好听的话，窑主着人把那个窑工痛揍一顿，立即把人家撵走了。窑主的办公室是个套间，外间一天到晚有手持电棍的保镖把守，见窑主须经保镖通报，得到窑主允许方可见上窑主一面。据说窑主手里还握有快枪，窑主夜间架着越野车到黄河故道里打兔子，矿灯一照，兔子立起身子，像个小人儿似的。窑主一枪就把"小人儿"撂倒了。他害怕说不了两句话窑主就得把他崩回来。可是，不找窑主他又没有别的路可走。他不能老是把幸福票压在手里，幸福票一天不换成钱，他就一天不踏实。

窑主没有他想象的那么凶，得知他手里有三张幸福票时，窑主微笑着，问他难道对女人没有兴趣吗？

孟银孩说：女人，女人……是的。

什么是的？

女人都是填不满的坑。

你填过几个坑？

没填过。

没填过你怎么知道填不满！据寡人的经验，填一个满一个，你不妨去试一试。

窑主到底没在孟银孩的幸福票上签字，而是给孟银孩讲了一番道理。窑主说，他为什么给弟兄们发幸福票没发成现金呢，就是想到了有的人舍不得花钱去幸福。要是给孟银孩把幸福票换成现金，就失去了幸福票本身的意义。票字旁边还立着一个女字，要是光看见票字，看不见女字，幸福票就算白领了，男人也白当了。

新的幸福票发下来的同时，窑主让人代他向窑工宣布，旧的幸福票全部作废。原因是发现有人用假冒的幸福票到"一点红"去幸福。窑工们看了看，新的幸福票上面，黑字果然改印成了红字。

黑字的幸福票作废了，孟银孩舍不得扔掉，仍和身份证放在一起。让他感到犯愁和紧迫的是新领到的带红字的幸福票怎样出手。

2000 年 9 月 28 日北京小黄庄

谁家的小姑娘

六月里，这儿连着下雨，下得沟满河平，白水都漫到庄稼地里去了。农谚说，有钱难买五月旱，六月连阴吃饱饭。按这个说法，今年合该这一方人不饿肚子。不料庄稼的肠胃对雨水的消受是有限的，整天泡在水里，它们也不舒服，难免闹沤根和发黄的毛病。对收成上的事，农人历来不敢提前高兴，庄稼长在地里不算粮食，收到囤里才算粮食，照目前的天气情况看，秋后能不能吃上饱饭还不一定。雨不住点儿，他们开始恐慌，一趟一趟往地里跑。眼瞅着庄稼棵子里雨水越积越深，他们眼里也快要下雨了。天稍有开缝儿，他们就赶紧从庄稼地里往外排水。排水有多种方式：有的用抽水机往河里抽；有的在庄稼地里开沟，把水往低处引导；最笨的方法是在地头垒一道土堰，拿盆子往堰外擂水。

　　改家的玉米地里积了水，白浆浆的水汤子把玉米根部的三层根须都淹没了，满地的玉米被分割包围，每棵玉米都陷入了孤立无援的境地。从水中纵横交错灰一道黑一道的倒影看，玉米的叶子是互相拉着手的，这种拉手跟人们就义前挽起手臂一样，对自救和互救都毫无意义。幸好，为了保住玉米，改家的全部人马都出动了，娘，改，弟弟，外带一只小黄狗。要论战斗力，娘当然是强一些。弟弟开放的两条腿还不能站立起来，只适合在地上爬。弟弟还不满周岁。改的任务是限制开放乱爬。地里到处是水，开放要是爬进水里就麻烦了。改找一块平整地方，就近摘下几片蓖麻叶铺好，把开放的光屁股强行按在上面。或把开放抱起来，斜抱在自己胯骨上，一边颠达着，一边往远处东指西指，转移开放对娘的注意力。这样说来，真正能干活的只有娘一个人。噢，你说狗？小黄狗的四条腿倒是能跑能跳，除了多一个吃闲饭的长嘴家伙，人能指望狗什么呢！

娘排水只能采取最笨的方法，下笨力气一盆一盆往外擓水。娘把土堰垒好了，没有马上擓水。她们家的玉米地头紧靠着一块面积挺大的养鱼塘，擓水只能往养鱼塘里擓。养鱼塘是黑叔家的，往塘里啪啦啪啦倒水块子，须征得黑叔的同意才行，不打招呼就擓水，要是黑叔怪罪下来，玉米地里的水就排不成。鱼塘对岸有一间看守鱼塘的小屋。隔着宽阔明亮的水面，改看见光膀子的黑叔蹲在门口一侧吸烟，黑婶儿坐在门槛上低头织网。黑叔家也有一条狗，那狗跟半大牛犊子一样，要雄壮威风许多。黑叔家的狗白天用铁链子拴着，到夜晚才放开。娘沿着鱼塘的岸边，绕了一个大圈子，到小屋那里跟黑叔商量。改听不清他们说些什么。娘站着说话，黑叔始终没动窝，就那么蹲着。这样把目光拉远了看，娘有些小小的，相比之下，蹲着的黑叔似乎比娘还高些。改有些替娘担心，怕娘被黑叔噎回来。娘往回返时走得很快，跟小跑差不多。娘迈进土堰内的水里，把双脚叉开稳了稳，抓起洗脸用的搪瓷盆就擓开了水。这表明娘这一趟没有白跑，黑叔没有拒绝往他家的养鱼塘里擓水。

娘弯着腰，两手抓着两侧的盆沿子，擓起水来连头都不抬。娘知道时间有多宝贵，她抢时间等于抢玉米的命，多抢一条是一条。她把盆子倾斜着，往水里一兜就是一盆水。水在盆子里没有停留，兜满的同时就泼出去了。每一盆水都在鱼塘的水面上砸下一个坑。这个坑还没平复，下一个坑又砸开了。娘泼水不计数，砸下的水坑激起的水波像是为她记数，娘泼一盆水，水波当即画一个圈，圈连圈，圈套圈，很快画到了鱼塘中央。

开放被娘持续不断的擓水声吸引着，老是往娘那边爬。改把他捉回来，他的屁股比猴子的屁股还坐不住，改还没松开手，他的屁股又撅起来挣扎成爬行的姿势。开放并不是对哗哗的水声多么欣赏，他惦着吃奶，他是一个见奶很亲的奶鳖子。改只得把光肚子的开放抱将起来，她的脸贴住开放的脸，以阻挡开放看娘的视线。她还左一口右一口地亲开放的小脏脸，把

"放儿乖，放儿不闹人"的好话送给弟弟。开放尚不懂话，什么样的好话他都听不进去，他犟得跟向日葵一样，不管改把他的脸转到哪个方向，他都能很快调整过来，扭向日头一样的娘，使劲向娘那边拧身子探脑袋。改知道，弟弟是饿了。自从爹死后，娘的奶水就不太好，弟弟像是老也吃不饱。可没得到娘的允许，改决不会把弟弟抱到娘身边去吃奶，耽误娘干活，娘会生气骂人的。

　　娘的汗水湿透了衣衫，闪着水光的衣衫紧紧贴在娘背上，湿的面积比娘的背还宽。娘的裤腿挽得很高，汗水混合着泥水，顺着娘瘦瘦的小腿往下流。娘累得满脸通红，额头上的大汗珠子简直有些沉重，落到水里叮叮的。改家没有抽水机，娘成心要把自己当成抽水机来使。娘的汗水没有白流。玉米地里的积水逐渐地减少了。水浅的地方，一些玉米的根部露了出来。娘暂时放下盆子，把倒伏的玉米扶起来，在玉米根部培上泥。倒伏的玉米不少，那是因为前天水大的时候，养鱼塘里的鱼们随着上涨横溢的水跑到玉米地里来了，有人在玉米地里用提网和罩筐捕鱼，把玉米棵子盘腾倒了。经过娘的帮扶和培泥，那些玉米在哪儿倒下的，重新在哪儿站立起来。玉米的青穗和穗口嫩红的缨子上还粘有一些黄泥，但它们毕竟获得了新生的希望，显得精神多了。

　　改把开放抱到离娘稍远的地方，摘了一枚马炮，塞进开放嘴里。马炮是当地的叫法，那是一种像龙眼葡萄那么大的小青瓜。马炮是野生的，长不大。它的味道跟龙眼葡萄差远了，永远是又酸又苦。改的意思是拿马炮当奶头，哄哄开放的嘴。开放还没扎大牙，只扎出一对小奶牙，估计他咬不破马炮的皮。马炮含进嘴里后，开放是老实了一会儿，小眼睛还转来转去，像是对某个圆圆的玩意儿有了自己的思想。他定是没想明白，哇的一声哭了。改一看，开放竟用大牙的牙床把马炮挤压破了，马炮的苦水酸水正顺着开放咧着的嘴唇往下滴。改把一根食指弯成钩子，赶紧把破马炮从开放嘴里抠出来，扔进脚边的草丛里去了。感觉受了哄骗的开放表示抗议似的，仍挤着眼咧着嘴大哭。小黄狗不知发生了什么事，绕着姐弟俩焦急地直转，喉咙眼里还哼哼唧唧，一副和开放心连心的样子。

娘问："放儿哭啥哩？"改说："他饿了。"娘说："一会儿不嚼我他就不能过。"娘给弟弟喂奶不说喂奶，都是说"让他嚼嚼我吧"。娘从玉米地里出来让弟弟嚼时，泥巴吸住了她的脚，她拔一下没拔出来，身子一歪，蹲坐在泥水里。改看得出来，娘是累得没劲了。娘一声没吭，手按着地，从泥水里站了起来。娘接过开放，把衣服扣子全解开，毫无保留地尽开放去嚼。娘的两只奶稀溜溜的，一点也不饱满。娘说："出汗都没啥可出了，哪有多少奶水哩。"开放似乎不在乎奶水的多寡，只要让他吃，他就很满意。他把奶穗子吃得很深，吃着一只奶，手还摸着另一只奶。小黄狗对开放当然很羡慕，眼巴巴地瞅着开放的嘴不停地嚅动，它的表情有些发傻，简直不知道怎样处置自己的嘴才合适。改注意到了小黄狗的馋样子，狠狠瞪了小黄狗一眼。小黄狗还算敏感，知趣，它马上把眼皮低下来了，仿佛在说："我什么都没看见呀。"

改想，她要是能替娘擤水就好了。这样想着，改脱掉鞋，把裤子提到大腿根儿，往土堰那儿走去。改的裤子是一条黑色针织健美裤，裤腿很瘦，裤脚下口有一个袢带，穿裤子时把袢带踩在脚底下，把裤腿绷紧，就算健美了。这种裤子有弹力，把袢带从脚底脱掉，它自己就缩上去了。这条裤子是爹年前从城里给她买回来的，爹要不是想着给她买裤子，兴许不会死。腊月二十二，爹坐长途大客车往家里赶。车上坐的大都是外出打工回乡过年的人。在半路上的一个小城市，车停下了，让大家解手。爹趁这个时间，到附近的小摊给改买裤子。爹从小害耳病，害得耳朵有些背。车发动了，别人都上了车，一个同村的老乡大声喊他，他才赶紧跑着去上车。就在这时候，一辆大卡车开过来，撞在爹的肚子上，把爹撞出好远，仰面倒下了。爹的第一个反应是保护他的鞋，伸手嚷着："我的鞋！我的鞋！"他的鞋从脚上掉下来了，而打工数月挣的几百块钱都在鞋壳儿里藏着。有人把鞋捡起来递给他。他看看钱还在，就穿上鞋，爬起来上了大客车。车开了一会儿，他觉得肚子里不大得劲，光想呕吐。他以为自己晕车了，把肚子里往上翻的东西使劲往下压，不让肚子里的东西吐出来。他怕影响客车上的公共卫生，怕司机不高兴。后来实在压不住，脖子一伸吐了出来。他吐的不是什么污物，而是大口大口的鲜血。他觉得不好，喊了一声"救命啊"，就倒在血泊中，晕了过去。这些经过都是那个老乡对村里人讲的。一时间，村里人到处都在讲"我的鞋我的鞋"。人们总是愿意提到爹的鞋，很少有人提到爹为改买健美裤这个细节，不然的话，这条裤子改就不敢穿了。是娘让改穿的，娘说要是再不穿，改一长高就穿不成了。改挖了大半盆子水，没有像娘那样把水擓出去。她估计自己擓不高，擓不到土堰外面去，就把盆子平端起来，放到土堰上，掀动盆沿一倾，水才倒进鱼塘里去了。娘说："你还小，擓不动，算了，放那儿吧。"改说："我试试。"她想端一盆就少一盆，娘就可以省些力气。她挖了一盆又一盆，都倾倒出去了。

开放嚼不出多少奶水，大概又咬娘了，娘疼得吸了一下牙，嚷道："咬，咬，你把我咬死吧！"娘嚷着，用巴掌啪啪地揍开放的屁股。开放叼着奶头不松嘴，也不哭。娘让改过来把开放抱走，抱得远远的。改过去后，娘双手推着开放，从开放嘴里往外拽奶。开放这次没敢咬娘，可他的小嘴和小舌头都很有劲，双方像拽橡皮筋一样把奶头拽得又细又长，奶头才从开放嘴里拽出来了。开放失了奶，又哭了起来，手乱抓，脚乱弹蹬。

改和娘完成了对开放的交接，改不管开放怎样抓她的头发，踢她的小肚子，她像抱一条刚出水的鲤鱼拐子一样，一口气把开放抱到了庄稼地北边的河堤上。小黄狗先行了一步，等姐弟俩沿着河堤的斜坡攀上堤面时，它已在那里恭候着了。改治开放是有办法的，她把开放往地上一放，退后几步说："你哭吧，把你眼里的蛤蟆尿哭净再说！"改这一招见效很快，开放不哭了，眼角挂着泪，向姐姐啊啊地伸出一只小手。改说："不哭了吧，再哭我把你扔到河里喂老鳖。"改到河堤边采了一把狗尾巴草，用狗尾巴草的毛穗给开放编大黄狗。小黄狗似乎看出改编大黄狗是以它为原型，它把尾巴翘圆了左右晃着，挺"摆"的样子。

娘又攉水去了。攉水之前，娘到一个水比较清的小水洼子那里，双手捧着喝了几口水，还用水洗了洗脸。娘攉水没有刚开始攉得快。河堤上有一个老头儿放羊，一个老头儿放鹅。不管放羊还是放鹅，他们都不用在后面跟着，而是在河堤上的树荫下坐着，怀里倚一根鞭子或一根竹竿，只居高临下地看着羊或鹅就行了。好在羊和鹅都是白的，它们在绿草丛中一明一明地放光，老远都看得见。还有两位半大老头儿，腰系竹编鱼篓，交替着一前一后在河边撒网打鱼。河里鱼不是很多，他们落空的时候多。收拾网时，地上除留下一片湿印子，再就是一层质地很细的稀泥和杂草。他们斜着走到河堤上来了，分别把网纲投在横出的树杈子上，一拉，把网吊起来，再把网的一边搭在网纲上，搭成扇面模样，固定住，开始晾网。他们自己则脱下上衣，铺在树荫下睡觉。等他们睡上一觉，网也晾得差不多了，他们会到下游接着打鱼。一辆红色小汽车，沿着长河的河堤，轰轰地开过来了。小汽车在河堤一个慢弯儿的宽展处停下来，从车上下来三个手拿钓鱼竿的人，到黑叔的养鱼塘去钓鱼。黑叔好像并不反对人家在他的养鱼塘钓鱼。接过其中一个人递给他的一支烟，黑叔就忙着给人家从小屋里拿凳子，选钓位。黑叔还端出鱼饵盆子，一把一把地往水里投鱼饵，帮那些穿戴很讲究的人打窝子。鱼塘里到底鱼头儿稠些，下钩不大一会儿，那些人就金一块银一块地往上提溜鱼。

改很想抱着弟弟近前去看钓鱼。她也就是想想而已。那些坐小汽车来的干部模样的陌生人，都带着城里人的做派，总是让人害怕。另外还有一个最主要的原因，长得很好看的小姑娘改不愿意让黑叔黑婶就近看见她。那天，大娘和娘说闲话，说到没男劳力的难处，大娘就建议娘给改提前说一个婆家，挑那有公爹的人家说，不图别的，家里地里有个紧要的重活儿，那将来要当公爹的亲家总不会袖手不管。她们挑来挑去，最后挑到黑叔家。黑叔身体棒，整天守着鱼塘不外出打工，符合公爹应具备的条件。黑叔有一个儿子上小学五年级，改上小学三年级，两个孩子年龄上也合适。改是无意中听见大娘和娘说这番话，她当时吓坏了，生怕娘听信大娘胡说八道。还好，娘没有答应，娘说："俺小改还小，连十岁还不到呢！"虽然娘那样说了，改心上还是重重的，担心娘说不定在哪一天把那个话对她说出来。改打算好了，给她说婆家的事万万不能答应，一答应，同学们就会笑话死她，她的学就上不成了。要是上不成学，她这一辈子就没盼头了，就算完了。万一娘跟她提那个话，她就狠哭狠哭，哭他个昏天黑地。要是狠哭哭不软娘的心，那么她就会说："你要是硬给我说婆家，我一天也不活着！"时间过去了一个多月，娘没有跟改提过给她说婆家的事，娘说过这样的话："我不走，我得把你和小放儿拉扯大。"娘说的不走，是指她不准备改嫁。娘提到改的二婶子，说："你看你二婶子，守不住家，也守不住孩子，落了个啥也不啥。"二叔给城里人盖高楼，从脚手架上掉下来摔死了。二婶子嫁给了邻村一个剃头的。剃头的承包了给这个村的男人剃光头的任务，隔半个月来一次，一次剃三两天。二婶子并不剃头，不知怎么就跟剃头匠搭搁上了，把两个孩子也带走了。剃头的生得小模小器，勉强挑得起剃头挑子，还是一个瘸子。二婶子看中了剃头的哪一点呢？二婶子家的房子还在，那是二叔活着时挣钱盖的青砖红瓦房，院子门口还有高门楼儿。改不止一次推开锁着门的门缝，往二婶子家院儿里看过，里面荒草萋萋，蛇游蝎爬，阴森可怕得让人头皮发紧。

村头方向传来一片嘈杂声，像是发生了打架或别的什么大事。改抱起开放，一路小跑着回村去看究竟。在跑动当中，改顾不上讲究抱开放的姿势，她两手斜勒着开放的胳膊窝儿，任开放的肚子和腿往下坠着，像抱一只活猪娃子。开放张着小眼，被颠达得一点脾气也没有。小黄狗似乎得到了新的兴奋点，一边跑，一边盲目地冲人声潮起的方向叫。村头发生的事让改惊骇不已，一个女孩儿掉进水坑里去了，生死不知，下落不明。本来是两个女孩儿结伴下地给兔子薅草，回来在坑边涮脚上的泥时，其中一个滑进水里去了。坑里水很深，一滑进去就没影儿了。等人们闻讯赶来时，水面掩盖得平平静静，跟没发生过任何事情一样。来的人不少，大都是老头儿、老婆儿、妇女和小孩儿，能下水捞人的年轻人几乎没有。有两位年纪稍轻的，也是中年以上了。年轻人死的死了，伤的伤了，没死没伤的都继续在外地打工，连落水女孩儿的爹也打工在外，这可怎么办呢？女孩儿的娘急得欲哭无泪，要自己下水。两位中年人喝住了她，说她又不会浮水，下去不是白白送死吗！两位中年人脱下衣服，试探着下去了。他们刚潜下去，就冒出水面，扶着岸边喘气，说不行，够不到底。有人想起了老黑，跑着喊老黑去了。老黑就是黑叔。黑叔旋风般跑来，问清女孩儿落水的地方，一头扎进水里去了。黑叔在水里潜的时间比较长，人们都静下来，对他救人抱有很大希望。黑叔从水里冒出来了，伸出一只手，对人们摆了摆。他换了一口气，紧接着又潜下去了。他一连潜下去三次，双手都是空的。黑叔的脸都憋紫了。人们失望了，孩子掉进水里这么长时间捞不出来，已没有了生还的可能。

　　活着不能见人，死了也该把尸体捞上来吧。黑叔回去把打鱼的粗眼撒网背来了，在坑里一网挨一网地撒。撒到第五网，终于把女孩儿拉了上来。女孩儿的脸色泡白，已死得透透的。

女孩儿肚子里并没有灌进多少水，可能是一口水呛了肺管子，把肺呛炸了。上年纪的人这样估计。

女孩儿的娘哭得很痛心，一再要求女儿睁开眼，睁开眼，还哭诉道："等你爹回来，再也看不见他的亲闺女了，我咋跟你爹说呀！……"在场的不少人都掉了泪，改也哭了。淹死的女孩儿是改的同班同学。现在正放暑假，同学们都在家里帮家长干活。等开了学，这个同学再也不能到学校去读书了。改的学名叫王改鸽。爹给她起的名字本来是改革，不知老师怎么想的，把革命的革给她写成了鸽子的鸽。这一点不用别人证明，弟弟的名字就是佐证，开放的名字跟她的名字是配套的。

改带着开放回到河堤上，不见了那辆红色小汽车。停放小汽车的地方扔着几个喝空的矿泉水瓶子。改给开放拣了一个瓶子，自己也拣了一个。矿泉水瓶子很完好，比玻璃瓶子还透明。开放抱住矿泉水瓶子就往嘴上啃。他不一定指望从喀喀作响的瓶子里啃出奶水来，只是还不会使用别的感官，干什么都拿嘴上。

改对娘说了她同学被淹死的事。娘说她知道了。娘叹气叹得很长，说："闺女好不容易长这么大，都能帮娘干活了，说死就死了，真可惜！"娘爱抚的目光在改身上停留了好一会儿，把改从头到脚"爱抚"了一遍，嘱咐改以后千万小心，哪儿水深咱不去，哪儿火热咱不去。

玉米地里的水响了一下，娘探头往水中瞅瞅，瞅到了几条鱼。随着玉米地里水位下降，鱼们藏不住身，露出来了，大嘴在一张一合地吧嗒。娘有些欣喜，没有马上说出是鱼，喊改："改，改，你看水里是啥？"改一看，说："鱼！鱼！"娘儿两个估计，这是逮鱼的人在他们玉米地逮鱼没逮完，剩下了这几条。而这些鱼八成是从黑叔家的养鱼塘里蹿出来的。改的主意非常坚定，凡是黑叔家的东西一点不要，凡是黑叔家的光一点不沾，她说把鱼送回黑叔家鱼塘里去吧。改这样说了，娘也不好不同意。娘说："这事儿得让你黑叔知道。"她让改去跟黑叔说一声。改说："我不去！"娘说："好事做到明处，说说怕啥。你黑叔黑婶儿对咱家不错。"改不愿意娘把黑叔家和他们家联系起来说，一说像是为某件事造舆论似的，遂有些生气，说："要去你自己去，反正我不去，我不喜欢他们家的人！"娘问："那是为啥？"改不会说出为啥，只说："啥也不为，不喜欢就是不喜欢！"

黑婶儿用一根长竹竿，撑着一只小划子在鱼塘中央喂鱼。小划子是用两只精巧的尖头船并连起来，上面横搭一块木板做成的。小划子浮力不大，大概只禁得动黑婶一个人。黑婶儿喂给鱼的是一些带叶儿的红薯秧子，草混子爱吃这个。黑婶儿刚把红薯秧子投进去，那些草混子就聚拢来，叼住红薯秧子往水里拽。有几条鱼同时争抢一根红薯秧子，难免形成拔河的局面，搅出一片水花。

娘大声喊着黑婶儿，把玉米地里发现活鱼的事儿告给黑婶儿了，让黑婶儿把鱼搬回鱼塘去接着养。黑婶的意见，让改的娘把鱼捞出来，拿回去煎煎给孩子吃。黑婶儿不认为玉米地里的鱼一定就是她家的，前些天大涨水，坑里河里塘里鱼乱串亲，谁也弄不清哪条鱼姓张姓李。娘这时把改抬出来了，说："俺小改非说是你们家的鱼，让我把鱼放回鱼塘里。"黑婶儿的目光落在改身上了，把改打量了一下，说："小改可是个好闺女呀！"

改被黑婶儿夸得心口怦怦乱跳，赶紧转到一棵枝叶繁茂的蓖麻后面，躲起来了。

娘没有马上捉鱼，接着擂水。水越浅，鱼越好捉。娘又擂了一会儿水，改听见娘喊她："改，小改……"声音有点少气无力。改从蓖麻后面走出来一看，娘一手捂着额头，身子直摇晃。娘手里的搪瓷盆落在水里，在水里漂着打转转。娘的脸蜡黄蜡黄，没一点血色。改把开放往地上一放，跑过去扶住娘。娘的手也冰凉冰凉的。娘说："我可能中暑了，头晕……晕……"改把娘扶到蓖麻下面的凉荫地里，娘身子一软，躺倒在地上，闭上了眼睛。

"娘，娘，你咋啦？"改害怕了，晃着娘的膀子，带了哭腔。

娘说："没事儿，我歇一会儿就过来了。"

开放爬着拱到娘怀里，揪扯娘的衣服，急切地找奶。开放不放过任何一个吃奶的机会。娘想把扣子解开，给开放喂奶。

娘的手抖着，竟解不开扣子。改替娘把扣子解开了。小黄狗的脸在娘的小腿上蹭来蹭去，眼里湿里吧唧的。娘的眼皮似乎沉重得睁不开，说："水，给我弄点水，我喝水。"

改揪下一张蓖麻叶子，准备用蓖麻叶子去兜水。脚下一响，她踢到了自己扔在地上的矿泉水瓶子。她觉得自己真傻，放着现成的空瓶子不知道用。她到娘喝过水的清水洼子，用矿泉水瓶子灌回一瓶子雨积水，把瓶嘴儿对在娘嘴上，喂娘。娘喝下大半瓶子水，才微微地把眼睁开了。娘一睁开眼，两颗泪珠儿分别从娘的两个眼角滚下来。仿佛泪珠儿已在娘的眼皮底下蕴藏了一会儿，酝酿得有些大，眼皮一开启，泪珠儿就不可遏止地快速滚下来。改不能见娘掉眼泪，娘的眼泪还没落地，她的眼泪已成了团儿。这时娘笑了，很艰苦地笑了，说："好了，不晕了，一会儿还能擢水。"

改说："我不让你擢。"

"不擢不行呀！"

"我去擢！"

改霍地站起来去擢水。她先把那几条老是张着嘴吸氧气的鱼捞出来，放进盛了水的盆子里。别看鱼的嘴挺大，身子并不是很大。改认出来了，这种鱼叫胖头鲢子。改把胖头鲢子端到土堰外边，连鱼带水倒进黑叔家的养鱼塘里去了。胖头鲢子一入水，尾巴一摆两摆，很快就看不见了。改由此想到她的那位女同学，女同学要是一条鱼，就不会淹死了。人的命在水里还不如一条鱼，死起来那么容易。改把两脚稳了稳，把气也稳了稳，要像娘那样，将水扬起来，擢出去，而不是端出去。不知改是从哪儿来的力气，她真的把水高扬起来擢到土堰外面去了。积水在脚下是浑黄的，一扬起来就变成了雪白的。阳光从开裂的云缝中投射下来，照在改连续扬洒在空中的水花上，焕发出一种七彩的光，缤纷而绚丽。

改原来以为她还很小，力气不大。现在看来，她力气不小，人也长大了。

1998 年国庆节期间于北京

鸽子

他不过是一个私营小煤窑的窑主，手下人恭维他，把他与国营大矿的矿长相提并论，称他为牛矿长。也是跟大矿的人学的，窑上的人喊他牛矿长时，都把那个长字省略了，把他喊成牛矿，这个牛矿，那个牛矿。谁也说不清这种省略有什么讲究，好像只有这样喊才能与世界接轨，才比较符合潮流。外行的人到这里一时不能明白，窑里是出煤的，又不是出牛的，煤矿怎么成了牛矿呢！牛矿本人倒无所谓，牛矿就牛矿吧，只要别喊成牛皮或牛别的什么就行。

　　这天中午十一点多钟，牛矿从办公室里走出来，站在一道矮墙后面，向不远处的窑口看着。这个窑是斜井，窑口开在半山坡的一个平台上，他稍一仰脸，就把窑口的情况看到了。一个铁架子上的滑轮在转，转到一定时候，钢丝绳尽头就牵出一溜六辆矿车，每辆矿车里都装满了大块小块的煤，一车煤的重量正好是一吨。他最爱看装满煤的矿车从窑口鱼贯而出，骡子要拉屎，煤窑要出煤，只要煤源源外出，就说明窑下一切运行正常，他就不必多操心。他还特别喜欢听满车的煤往下倒进一个长长的铁簸箕里发出的声音，刷的一声，如一阵风刮过一片松树林。在他听来，这是人世间最美的音乐，听着这音乐，他的全部身心都熨帖得很，脸上不知不觉就荡漾起无边的笑意。现在黑家伙紧俏起来了，随着秋风渐凉，前来拉煤的大斗子汽车日夜都排着长队，煤来不及落地，通过铁簸箕下端敞着的口子，直接就流进车厢里去了。一吨煤二三百块钱，货拉走了，货币就进来了。窑口上方用红漆写着四个大字：乌煤生金。目前的景象和四字所示之意正相吻合，从窑底拉出的煤是黑的不错，可转眼之间就变成了黄澄澄的金子和白花花的银子啊！

　　大门口开过来一辆小轿车，牛矿的好心情顿时大大缩减。虽然他还没有看清车上所写的字，不知道进来的是哪路官爷的车，但从轿车进门时毫不减速直冲进来的气势上，就判断出坐车的人肯定是一位官爷。别看他的煤窑在一处偏僻的山窝子里，进山的路坑坑洼洼，还要走过一段长长的干河滩，那些信息灵通的官爷还是能隔山迈垅地找到窑上来。那些官爷有管安全监察的，有管国土资源的，有管环境保护的，有管税务的，五花八门，隔三差五就来一个，或来一群。不管哪路爷，来了就是爷。只要是爷，他就得赶紧装三孙子，小心伺候着。窑上呢，就得出点血。若是稍有怠慢，惹得哪位爷龙颜不悦，人家随便捏你个错，款子罚下来，恐怕都不止一万两万。所以一见来轿车，牛矿就心烦，还有那么一点慌乱。躲避到别的地方已经来不及了，他身子一转，就近钻进把头儿的保卫股的办公室里去了。不愿让上边来的官爷看见他，对他来说几乎成了一种条件反射，只要看见有轿车来，他的第一个反应就是先躲一下再说。窑上的办公室是一排九间北房。从保卫股那间往西数，第五间才是他的办公室。也就是说，他的办公室正好居中。这种安排类似领导人开会照相，谁职务最高，谁就坐正中间。房子前面是用红砖砌成的平台，并用矮墙围成一个半开放式的小院。小院南边立着一根金属旗杆，鲜艳的五星红旗一天到晚在旗杆顶端高高飘扬。别的小煤窑不一定立有红旗，这座小煤窑立红旗完全是牛矿的主意，他想通过立红旗显示一种姿态，以便把自己和别的土地主似的小煤窑主区别开来。

小轿车裹着一路煤尘开进了小院，隔着屋窗玻璃，牛矿一眼就瞥见了车门上的两个大字：公安。牛矿一惊，公安局的人来干什么！他不敢在保卫股的办公室里躲着了，还没等来车停到位，就赶紧从屋里挑帘子出来，把脸上的笑容挤满，对车上的人做出恭敬和欢迎的样子。见从车上下来的是市北郊派出所的王所长，他的心情才稍微放松些。王所长是他的熟人，在酒桌上，他们愿意互相称为老朋友。"王所长您好，欢迎欢迎！"两只白手握在一起。

王所长不笑，脸上似乎是办案的表情："牛矿长春风得意呀！"

"哪里哪里，都秋天了，哪里还有什么春风！"

王所长把他的手从牛矿手里抽出来，对着装煤台下面排成长龙般的汽车横着一挥说："这么多拉煤的汽车，哪一辆不代表春风！"

"拉煤的汽车是不少，窑下的煤挖不出来，干着急也不行。请，二位到我办公室里坐。"另一位是开车的司机，司机也是穿警服的干警。

宾主坐定，王所长开始向牛矿发问，窑上最近的治安情况怎么样。

牛矿说治安情况挺好的，最近没发生什么事。

这时厨师过来了，向牛矿办公室里探了一下头。厨师是位老汉，短头发都花白了。时近中午，看来公安方面来的客人要在窑上吃午饭，老汉的意思是要请示一下牛矿，午饭怎么安排。

牛矿对厨师说："你去买只鸡，中午杀鸡吃。鸡要挑大的，肥的。"

厨师问："买母鸡还是买公鸡？"

牛矿先说买母鸡，又看着王所长，让王所长决定。

王所长没说买母鸡还是买公鸡，只说算了，不要麻烦了，随便吃点什么都行。他们下来是工作的，不是吃饭的。

牛矿说："那可不行，您是领导，对我们一直很关心，我们一定要好好招待。"

王所长还有话说，他说现在的鸡都是饲料加激素催起来的，肉泡得很，一点吃头儿都没有。王所长这样说，不愿吃鸡肉的态度就很明确了。

牛矿和厨师正不知怎么办，这时离门口不远的地上翩然落下一只鸽子，接着又落下一只鸽子，不知两只鸽子在地上发现了什么。

看见鸽子，王所长眼睛亮了一下，他说其实鸽子的肉挺好吃的，鸽子的肉味就相当于过去柴鸡的肉味儿。

既然如此，牛矿对厨师说："你去问问是谁家养的鸽子，买两只回来。鸽子比较小，至少要买两只。"他特别向厨师交代："不管谁家的鸽子，一定要给人家钱。"

王所长接着了解窑上的治安情况，他问牛矿，抢骡子的又来过没有。这座煤窑下面是使用骡子拉煤，窑工自养的各色骡子达二三百匹。前段时间的夜里，一帮手持棍棒、火枪的蒙面家伙，一次抢走了七匹骡子。

牛矿说，抢骡子的最近没敢来，因为他让保卫股组织了几个人天天下夜，夜夜巡逻。

王所长肯定了牛矿的做法很好，他又问："到窑上来的野鸡多不多？"

"不多，我们这里基本上没什么野鸡。"

"这就奇怪了，别的窑上野鸡一拨儿一拨儿的，你这里怎么会没有野鸡呢？"

"这不奇怪，在这个窑上打工的多是四川和贵州的民工，他们差不多都带着老婆。想想看，家鸡就够他们吃了，还吃野鸡干什么！"

随后他们把野鸡和刚才提到的供人宰杀的鸡联系起来，怀疑野鸡们也吃了饲料和激素，都是臭皮囊，泡泡肉，中看不中吃。在对野鸡的看法上，他们像是达成了一些共识，两个人都笑了。

厨师回来了，站在牛矿门口，欲言又止的样子，他的意思像是想让牛矿出来一下，他向牛矿单独汇报。

牛矿见他两手空空，知道买鸽子的事没办成，遂把脸子拉了下来，说："有什么话只管说吧，王所长不是外人。"

厨师说："鸽子是汤小明养的，他不愿意卖。"

"你说给他钱了吗？"

"说了，我从五块钱一只一直涨到二十块钱一只，他还是不卖。"

"我看你还是给钱少，二十块钱一只不行，给他五十，给他一百，你看他卖不卖？我就不信他不卖！"牛矿说着，看了王所长一眼。王所长在沙发上坐着，不动声色。

养鸽子的汤小明，是矿灯房里的工人。窑工下井，他按着灯牌子的号码把矿灯发给人家；窑工上井，他把矿灯收回来，放到充电架子的固定位置上。相比在窑底挖煤的窑工，他的活儿要轻得多，时间也富裕一些。富裕下来的时间干什么呢？他不打麻将，不喝酒，也不到外边的庄稼地里乱转悠，而是在灯房门口的空地上开出一个小菜园，种西红柿、茄子、辣椒、葱、萝卜等蔬菜。在菜园的边角，他还种了一些花，那些花有月季、鸡冠花、夜来香、六瓣梅。因窑上骡子粪很多，他种的菜和花都不上化肥，就上骡子粪。上了骡子粪的菜都长得很好，都快到中秋了，西红柿还结得疙瘩嘟噜，紫茄子还大得发着亮光。他种的花也开了一茬又一茬，好像开不败似的。再就是养鸽子了。他原来买回的鸽子是一对，是刚婚配的小两口，现在已发展成七对。也就是说，那对鸽子夫妻已经拥有十二个子女。他在宿舍外头的墙上用木条搭了一个不小的鸽子窝，供鸽子的一大家子在窝里栖息。别的窑工到附近村里买玉米，他也去买玉米。人家买的玉米是喂骡子，好让骡子在窑底拉煤挣钱。他买玉米是喂鸽子。他养鸽子不是为了挣钱，他说他喜欢鸽子，是养着玩的。每天早上，他目送着领了灯的窑工弟兄们向地底走去，而后就打开鸽子窝的门，仰脸看着他的鸽子振着翅膀飞向天空。他喜欢听鸽子刚起飞时啪啪扇动翅膀的声音，喜欢看成群的鸽子在天空飞来飞去。特别是到了秋天，天是那样高，那样蓝，阳光是那样明亮。鸽子在蓝天下飞翔时，阳光照在鸽子的羽面上，翅膀每扇动一下，羽面就闪一下白光。鸽子的翅膀扇动的频率是那样快，又是一群鸽子一起扇动翅膀，就使阳光羽光在蓝天下闪烁成了一片，并使光影明明灭灭，灭灭明明，焕发出光波般的动感，简直如歌如仙，如诗如画。汤小明对天上的鸽群久久看着，看得如痴如醉。他有时看得走了神，仿佛自己身生双翼，也变成了一只鸽子，正跟鸽群一块儿飞翔。

厨师杨师傅知道鸽子是汤小明养的，他到汤小明的宿舍找到汤小明，见汤小明正给同宿舍的一个工友剃头。他剃头不是用剃刀，而是用刮胡子的刀架夹着刀片在工友头上刮。市里虽然有不少美容美发厅，可窑工们一般不愿去那里理发，那里不会剃光头不说，里面的小姐还动不动就按着人的头皮给人按摩，一按摩要价就不低，让人消受不起。工友的头发比较厚，加上湿了肥皂水，汤小明一刮一滑，相当难刮。把头发刮下一缕，头发又夹进夹刀片的夹板里去了，糊住了刀刃。汤小明不着急，他把夹板上的螺丝拧开，把头发清理出来，再接着刮。杨师傅跟汤小明打了招呼，让小明把鸽子卖给他两只。

汤小明一听杨师傅要买鸽子，就猜出不会有什么好事。杨师傅是干什么的，是厨师，是耍菜刀的，不管活鸡活兔活鸭活鱼，只要到了他手里，一会儿就会被他连骨头剁成小块儿，不是下进滚水里，就是下进油锅里。不过汤小明还是问了杨师傅一句，买鸽子干什么？

杨师傅一开始没说实话，他说养着玩呗。

汤小明说："杨师傅您不要蒙我，我又不是三岁两岁的小孩子。"

杨师傅这才把真实的来意对汤小明说了。杨师傅也不愿意杀鸽子，对王所长的刁嘴也有看法，他说："看看现在这些当官儿的，他们吃地上跑的吃腻了，又想吃天上飞的，吃了天上飞的，下一步不知道还要吃什么呢！"

　　"他吃嫦娥的肉我管不着，反正我的鸽子不能吃。"

　　"当官儿的动动嘴，当兵的跑断腿，你不卖给我鸽子，我回去跟领导怎么交代？"

　　"这有什么不好交代的，有卖的，才有买的，我的鸽子不卖，这不算犯法吧！"

　　"咱这么说吧，你的鸽子我出到二十块钱一只，卖不卖你说句痛快话，你要说不卖，我扭头就走。"

　　"那您就赶快回去吧，对不起了。"

　　头被刮成花瓜的工友喊住了杨师傅，歪着脑袋，用一根手指指着自己的头说："我脖子上这个东西快刮干净了，你要不要，要的话你拿走。"

　　杨师傅还了一个呸，说："谁要你那一头骨头，拆干净还不够装一盘菜呢！"

　　"我劝你刀下留点情，积点德，不要看见什么剁什么，捡到盘里就是菜。"

　　"你管不着！"

　　得到牛矿开出的高价，杨师傅待要再去买鸽子，牛矿不让他去了，让他去把小李找来，让小李去办这件事。

小李是为牛矿开车的司机，一天到晚和牛矿在一起。可以说小李和牛矿在一起的时间，比牛矿和老婆在一起的时间都多。牛矿在生活上有不少秘密，别人都不知道，包括牛矿的老婆都不知道，只有小李一个人知道。因此，小李就成了牛矿的心腹，同时也是牛矿的秘书和保镖。窑上的人都知道小李和牛矿不同寻常的关系，有人背后把小李称为二矿长。因司机带一个司字，也有人叫他李司长。小李不同意人家叫他李司长，说他不过是牛矿的一个马弁而已。牛矿又不骑马，马弁从何说起呢？小李指指牛矿的车，让有疑问的人看好喽，这不是马是什么？那人一看，噢宝马，好家伙！在宝马车的司机座位下面，经常性地放个一万两万的流动资金，供小李支配。上面来了比较重要的人物，需要把人物拉到市里好好招待一下，有些招待内容牛矿不宜出面，都是由小李去安排。小李到星级酒店的大堂买了房卡，把人物送到总统套房住下，稍事休息，就通过电话叫来几个小姐站成一排，供人物挑选。人物把挑中的小姐留下（有时挑中两个），小李事先替人物把应付给小姐的小费超额付足，对小姐说声要拿出绝活儿，好好服务，就退走了。等到该用餐或结账的时候，小李会及时出现在人物面前。小李办事这么妥当，遇到别人办不成的事，牛矿就让小李出马去摆平。小李果然很会来事儿，见到汤小明，他的气一点都不盛，而是笑嘻嘻的，把汤小明称为哥们儿，说："小明哥们儿，忙着呢！"

汤小明给工友剃头还没剃完，已剃完一多半，剩下一少半。见小李给他笑脸，他心里明白，黄鼠狼来拜年，不是冲他，还是冲他的鸽子。他说不忙。

小李掏出一盒高级香烟，手指对盒底一弹，烟卷蹿高一支，说："来，哥们儿，歇一会儿，抽支烟。"

汤小明不抬眼，说他从不抽烟。

小李把烟让给汤小明的工友抽。工友本来是抽烟的，但他摆摆手，说他也不会抽。小李只好把烟叼在嘴上，自己抽。时间紧迫，小李不能不提到鸽子，他问汤小明："你养的这窝鸽子现在繁到多少只了？"

汤小明说："不多。"他没具体说有多少只。

"我看你这窝鸽子不少了，该分窝了。哎，卖给咱哥们儿两只怎么样？我也想养养试试。价钱由你定，你说多少钱一只，我不还价，你说吧。"小李摸摸口袋，作出准备掏钱的架势。

汤小明不说话。

"五十？八十？一百……二百？二百块钱一只行了吧？这可是天价。你说话呀！"

汤小明把夹在刮胡刀里的一撮头发揪下来，扔在地上，说："你让我说什么？我说了不卖，就是不卖，给多少钱我都不卖。不管谁来，我都是这个话。"

"见财不发，你傻呀？你出来打工图的什么，还不是为了挣钱！"

汤小明说："我就是傻。"

"几只破鸽子，飞起来是鸽子，落在地上就是鸡，又不是你老婆，你孩子，你护那么紧干什么！"

"我的鸽子就是我的孩子。"

小李有些急了，眉头拧起，露出了二矿长的真面目，说："汤小明，我说你怎么这么难说话呢，骡子太犟了吃亏，这个道理你懂不懂？我来问你，谁批准你在宿舍墙上搭鸽子窝的？谁允许你在窑上养鸽子的？"

汤小明说没人批准。

"既然没人批准，就说明窑上不许养鸽子。你要是再跟我犯犟，我去跟保卫股的人说一声，他们马上把你的鸽子窝拆掉，把鸽子统统没收，你信不信？"

汤小明没说信，也没说不信，他的眉头也皱起来了，捏刮胡刀的手微微有些发抖。他心里说，地上长草，头上长头发，难道都要人批准吗！这是哪家的道理！不知怎么搞的，工友头上流血了，红血在青白的头皮上特别显眼。汤小明以为自己不小心把工友的头皮划破了，想用手指把血擦一下。不料他越擦，工友头上的血就越多，沾血的面积就越大，工友的头几乎成了花葫芦。他看看自己的手，原来刀片划破的不是工友的头皮，而是他的手指，右手大拇指一侧，鲜血正一珠一珠往外冒。这样的话，等于他的手指变成了一管笔，笔里的红水是自来水，他拿着水笔在工友头上描，工友的头皮没有不花的。他把手指放进嘴里嗍了嗍，拿出来看看，冒血还是止不住。他只好把刮胡刀放下，找出一片创可贴，把冒血的地方贴住。

工友问他："怎么了？你的手是不是流血了？"

汤小明说："不怎么。"

工友满脑门子的气似乎正没地方出，他说："操他妈的，不剃了，剃个头也不让人安生！"说着呼地从小凳子上站起来，一把扯掉围在脖子里的一件旧秋衣，摔在地上。

汤小明比工友更来劲，他命工友坐下，说："你今天剃也得剃，不剃也得剃，你要是不让我剃完，我就跟你没完！"他捉住工友的胳膊，使劲往下一拉，把工友拉得重新坐在小凳子上。

小李看出来了，这两个人发脾气都是冲着他来的，他多多少少觉出一点对抗的力量，遂把口气缓和下来说："你们知道今天窑上来的客人是谁吗？是北郊派出所的王所长，我们窑上的治安就是归他管。人家手里拿着权，腰里别着枪，脚一跺井架子乱颤颤，窑上怎敢得罪他！人家来窑上干什么？就是来挑你毛病的。你若把人家伺候好了，让人家吃好，喝好，拿好，人家一高兴，窑上有啥毛病都不算毛病。若是伺候不好，惹得人家不高兴，人家随便指出你一个毛病，窑上的损失就大了。"小李举了一个例子。几天前，窑上来了两个检查安全生产的，他们不下窑例行检查，却在小轿车屁股后面的大斗子里拉来了好几摞书。那些书都是硬皮，很厚，每一本都像一块大砖头。据说是安全生产方面的工具书，他们到窑上推销书来了。一本书六百多块，三十本就是两万多块钱。牛矿说这些书窑上用不着呀，一时没答应买下来。结果怎样，人家生气了，说到窑口看看吧。人家把窑口送风的风机一指，说风机属于设备老化，是严重的安全生产隐患，罚款十万还要下停产整顿通知单。风机明明是新的，怎么能说是设备老化呢？这不是睁着眼睛说瞎话嘛！牛矿明白毛病出在哪儿了，风机是没毛病，都怪自己的脑子转得不够快，跟不上风气了。牛矿说好好好，工具书全部留下，干部人手一册，我们一定好好学习。然后把人家请到市里的高级酒店，让人家洗了头，洗了脚，还唱了歌，人家才不提罚款和下停产通知单的事了。小李把话题又转到王所长身上，对汤小明说："王所长点名要吃鸽子肉，他又看到了你养的鸽子，你让牛矿怎么办？我承认我没面子，你总得给牛矿点面子吧！"

听了小李的解释，汤小明对要吃他鸽子的事不但没有谅解，抵触情绪好像更大了，他说："我养鸽子没有违犯治安管理条例，更没有犯罪，谁来我都不怕。警察怎么了？鸽子代表和平，警察应该保护鸽子才对，他们非要吃我的鸽子干什么！"

小李说："我说你怎么还迷着呢，这不是你个人和两只鸽子的事，而是牵涉到整个窑上的利益。咱们在这个窑上干，靠这个窑吃饭，总得为窑上想想。窑上要是出点事，对谁都没好处。这么着吧，你今天送我两只鸽子，随后我托人到外地给你捎回两只能送信能参加信鸽大赛的优良品种鸽子，怎么样？"

汤小明沉默了一下，似乎要答应了，可他还是没有答应，说："等警察走了，你要是想养鸽子，只管过来，我的鸽子随你挑，我一分钱都不要。今天警察在这儿不行，谁想动我一根鸽子毛，我都不答应。"

这时鸽群飞回来了，知会汤小明似的拍着翅膀，有的落在房檐上，有的落在鸽子窝上，还有的落在门前的地上。办事一向干练的小李没有放弃最后的努力，他说："你不送给我，我自己捉了？"

"你捉不到的。"

果然，小李朝落在地上的一只鸽子接近时，那只鸽子也在向前走。他刚一伸手，鸽子就飞起来落到房檐上去了。在房檐落定的鸽子还探着脑袋审视他，仿佛在说："你是谁，我不认识你！"

工友的头总算剃完了，汤小明把围在工友脖子里的绿秋衣取下来，走到门外往下抖抖，而后往上一甩。鸽子们看到主人往上甩秋衣，像是得到某种号令，迅速集结起来，展翅飞向高空。

小李见鸽群越飞越高，越飞越远，知道想捉到鸽子是没指望了，他恼下脸子一指汤小明说："汤小明，我告诉你，你别打算在这个窑上干了！"

"不干就不干！"汤小明对着小李的后背说，"你去告诉王所长，他要杀我的鸽子，除非先杀了我！"

小李向牛矿回复，他今天算是碰上犟种了，汤小明那小子死活不肯卖鸽子，还说了不少难听话。

当着王所长的面，牛矿的面子有些下不来，他大怒说："反了他了！你去告诉他，是要鸽子？还是在窑上继续干？两条道任他选。要是要鸽子，让他马上卷铺盖，走人。我不信治不了他！"

王所长大概也觉得很没面子，他问牛矿："养鸽子的人有什么背景？"

牛矿说："一个在窑上打工的人能有什么背景？多少有点权力背景的人就不会在煤窑打工。"

"这个人以前表现怎么样？要不要让小张去访访他？"小张是王所长的司机。

牛矿明白访访是啥意思，他说这小子以前倒没犯过什么事。

午餐，王所长到底没吃上鸽子肉。小李紧急驾车到附近百草镇马家肉坊买回十几斤刚出锅的骡子肉，餐桌上才算没有缺肉。牛矿甚感抱歉，一再向王所长敬酒，一再说对不起。他自我罚酒似的，每敬王所长一杯，他自己就喝两杯到三杯。把烧酒喝了一会儿，酒色上了脸，王所长的话才渐渐多起来。王所长的话多是发牢骚。他说他最听不得有了困难找警察这句话，噢，群众有困难找警察，警察呢？警察有困难找谁？且不说家庭住房、老婆工作、子女上学这些事，连派出所正常运转的经费都成问题。上面光知道要求派出所干警多下基层，下基层要跑车，跑车要费油，油钱谁给？

牛矿说："王所长您放心，您到我这里来，我不会让您白跑，油钱我出。"他对小李耳语几句，小李出去，一会儿就把会计领来了。会计把两个鼓鼓的信封给了牛矿。牛矿给王所长和小张各分了一个，说是小意思。

王所长把信封一捏，估计里面的钱没有八千也有五千，随手把钱装进制服口袋里去了。他一句客气话都没说，却说："牛老兄，咱俩说好，以后车没油了，我就来找你。你要是不给我加油，我就把你的宝马开走，把破桑塔纳给你留下！"

"好说好说，什么时候缺油你就来。"

送走王所长，牛矿回头看见汤小明正从窑里往外走。汤小明一手提着铺盖卷，一手提着一只红白相间的塑料编织袋，不用说，袋子里装的是他的宝贝鸽子。牛矿大声说："汤小明，站住！"

汤小明站住了，不知牛矿还要对他怎样。

"你给我回去，该干什么还干什么！"

汤小明有些疑惑地看着牛矿，似乎在问，窑上不是把我解雇了吗？

"不回去还愣着干什么！袋子里装的是不是鸽子？快把鸽

子放开，那样时间长了会把鸽子闷坏的。”

汤小明蹲下身子，把编织袋打开了。鸽子们哗哗地拍着翅膀，展翅飞向高空，并很快在空中集合起来，花儿一样在蓝天下翻飞，缭绕。

2004 年 9 月 19 日至 25 日于北京

拉网

在我们那里，捕鱼的网有好多种，撒网、抬网、拦网、粘网、罩网、提网、扒网，还有一种袖兜。袖兜是我们家乡独有的，若不简单说明一下，外地的朋友很难搞明白。所谓袖兜，是在一张拦河网的网面上留出一些洞，在洞后结下条条像空袖筒一样的网兜。这体现出人类比鱼类的高明之处，利用的是鱼类爱钻空子的心理。鱼们在汤汤流动的水中，用嘴在网面上触来触去，以为有空子可钻，结果一钻进去就上当了，就被柔软的东西束缚住了。

　　我今天所说的拉网，不是渔网的名字，拉是一个动词，拉网是捕鱼的一种方式。少年时候，我曾两次参与拉网捕鱼，对这种集体性的捕鱼活动留下了很深的印象。

　　有人看见一条鱼在新河的水边晒鳞，说那条鱼大得很，灰黑色的脊背像二檩子一样长。又听说那条鱼叼住鸭子的一只脚，生生地把一只大白鸭子拽进水底去了。鸭子的翅膀挣扎着，惨叫得没一点人腔。然而大鱼尾巴一拧，搅起一个颇具吸力的漩涡，轻而易举地就把鸭子吞没了。一开始，我们村的人没把这些传言当回事，鱼嘛，顶多翻翻浪，翻不了天。后来随着传言不断升级，我们村的人就有些坐不住。据说一天傍晚，一个新媳妇在洒满晚霞的新河边漂洗被单，那条鱼悄悄潜过去，张嘴咬住被单的一头，差点把新媳妇扯到河里去了。大鱼这么干就有点不像话了，你吃了鸭子还不够，难道还要吃人不成！大鱼的越轨行为使我们村的人心有些不平，或者说它惹起了我们村的人爱打抱不平的那股劲头。方圆几十里地面，我们村的人爱打抱不平是出了名的。那一年，一干土匪攻打离我们村好几里远的陈庄，这本来不关我们村什么事，可我们村的人认为，那不行，不能眼看着邻庄的人遭难袖手不管。加上我们村办有演武堂，青壮男人个个武艺在身，正愁没用武之地。于是我们村的人就呐喊着冲出村子，帮陈庄的人打土匪去了。那次我们村付出的代价比较惨重，有四个人被土匪打死了。其中有一个是我祖父的亲大哥。我们村一下子牺牲了四条人命，没得到任何补偿，当时也没有见义勇为这一说。可我们村的人不但从没有后悔过，还把爱打抱不平的光荣传统继承下来了。在如何对待大鱼的问题上，村里人很快达成一致意见：把他个丈人逮上来！

如果外村有人说这个话，大家一定认为是吹牛皮，夸海口。逮大鱼？凭什么？凭你的撒网吗？你的撒网捞些细白蹿条还凑合，大鱼不会吃那一套。比方说吧，你投出撒网笼罩那些夜晚在坟地里歇息的大雁还可以，要是把网撒在一头野牛身上，效果会怎样呢？恐怕连狗屁都不顶。而我们村的人说下把大鱼逮上来的话，四乡八邻的人仿佛期待已久似的，没有任何怀疑，只有点头认可的份儿。他们都知道，我们村确有与大鱼匹敌的实力。实力的一个主要方面，是我们村有一张大网。大网没有别的命名，因其大，就叫大网。大网究竟有多大呢？对不起，我也说不清楚。我只记得，大网拢起来一大堆，一个人扛不动。大网铺开，面积比一个打麦场的场面子还大。整张网都是用十二股合绳的棉线结成的，结网的线绳比纳鞋底用的线绳还要粗。网眼当然很大，能捅得过人的拳头。写到这里谁都清楚了，这种网是放小鱼过去的，是专跟大鱼过不去的。有大网的存在，大鱼的存在和好日子就不会太长。

提到大网，就牵涉到我了。五十年代初期，我们家乡发了一次大水，淮河的大鱼成群结队地流窜到我们村东的河里去了。我们村有十户人家，遵照先人"临渊羡鱼，不如退而结网"的古训，自愿组合在一起，凑钱结成了这张前所未有的大网。我们家是十户人家其中的一家。大网结成后，十户人家有个不成文的约定，每次用大网捕鱼时，各家至少出一名男子参与捕鱼劳动。随网出工，带有网一份人一份的意思，分鱼时一并作为依据。但给我的感觉，为取得分配份额是次要的，更重要的是，参与捕鱼劳动好像是一种义务，一种验证结盟的仪式，谁家若不派人出工，近乎对"盟约"的无理背弃。当然了，这样的感觉我是后来通过回忆才逐渐认识到的。当时我年龄还小，大人让我去逮鱼，我就跟着去了，不可能懂得事情的意义。这样重大的捕鱼活动，以前都是我父亲去。父亲死后，由我年迈的祖父去（我可怜的祖父死在他儿子后边）。祖父死后呢，就轮上我去了。是呀，捕鱼等于水中狩猎，历来不许妇女参加，我母亲和姐姐都不能去。我的两个弟弟比我更小，他们的小手只适合在瓦盆里抓一抓泥鳅，也不能去。那么，代表我们家的男子外出捕鱼的只能是我了。

暑期的一天午后，我们的捕鱼队伍出征似的出发了。那段有大鱼出没的新河离我们村有七八里路，我们目标明确，直奔大鱼而去。大网搭在一根硬木杠子上，由两个叔辈的人抬着前行。堂叔背着好几节水车链子，准备用作大网的坠脚。堂叔家的黑狗也跟来了，在堂叔前面跑着，一副孙行者的轻快模样。我们去捕鱼，不是去撵兔子，黑狗派不上什么用场，它参加进来纯属多余。但黑狗是个爱凑热闹的家伙，且消息灵通，对任何有可能发生热闹事的苗头都不肯放过。一路两边都是浓绿的庄稼，午后的田野静悄悄的。我们的捕鱼队伍不算小了，可跟一望无际的庄稼的队伍比起来，我们的队伍就不显眼了。庄稼的队伍是整肃的，立正就是立正，日夜都不走样，让人起敬。我们这支临时召集起来的捕鱼队，年龄参差不齐。有爷辈的人，有叔辈的人，也有我这么个小字辈儿。别管如何，他们都是青壮年，只有我自己是一个未成年人。我觉出自己与这支捕鱼队不太协调，落落寡合地走在一边。我心里一直没有底，不知道自己能干什么。在局外人看来，我也许跟那只黑狗一样，顶多只能充当一个看热闹的角色。想到这里，我想把黑狗唤过来，跟我一起走。黑狗没有名字，我唤它跟唤狗的通称一样，把它唤成"咬儿"。我说"咬儿咬儿咬儿，过来"。黑狗年龄比我小，四条腿着地时个子也比我矮，我在黑狗面前总算有一点优势。然而黑狗像是看透了我的心思，听见我唤它，它只是回过头看了我一眼，不愿与我为伍似的，并没有跑到我身边来。这个小狗东西！

随队参加捕鱼的事，是堂叔通知我母亲，让母亲转告我的。母亲对这件事很重视，她没有征求我的意见，就决定让我去。以前母亲让我干什么事不是这样，比如到我姑姑家走亲戚，母亲都是把主动权交给我，我愿意就去，不愿去就不去。这次母亲直截了当地对我说："明天十家大网户去逮鱼，你跟他们去吧。"我不是不想去逮鱼，逮鱼历来是让人兴奋的事，我是不知道让我干什么。母亲见我不说话，说："人家让你干什么，你就干什么。反正每家都得出人，这是规矩。"母亲提起了我父亲，说要是我父亲还活着，说什么也舍不得让我去。我不能听母亲提起父亲，母亲一提起我下世的父亲，我心里顿时就沉了。我答应了我去。堂叔在村街上看见我了，喊了我的名字。让我深感不大适应的是，堂叔喊的不是我的小名，而是全名全姓的学名，也就是大名。在我们家乡，长辈的人一旦开始叫你的大名，事情就比较郑重了，预示着他们将把你当大人看了。堂叔的口气果然是郑重的，他问我，去逮鱼的事母亲告诉我没有。我说告诉了。堂叔说那就去吧，现在学校放假了，不会耽误你的功课。堂叔既是大网户的网头，又是生产队的队长，在村里说话很有权威性。堂叔对我这样说话，我只能荣幸地点头服从。对了，前面说到的被土匪打死的我的大爷爷，就是堂叔的父亲。堂叔的父亲被万恶的土匪用长矛捅穿小肚子身亡时，堂叔不过十来岁，比我去参与集体捕鱼时的年龄还小一些。少年丧父的堂叔不知怎么就长成了一位独立的、颇具号召力的人物，不能不让人佩服。实在说来，母亲对这件事重视得有些过头了，我又不是替父从军，外出远征，母亲不必拉马坠镫地紧着为我做准备工作。母亲找来一顶高粱篾编的帽壳，要我一定戴上，说午后的太阳正毒，别晒上了毒气。母亲找出一双父亲生前穿过的半旧的球鞋，让我穿上试一试。球鞋有些大，穿在脚上前面空出许多，我不想穿。母亲说河坡里有蒺藜和蛤蜊碴子，不穿鞋万万不行。还说穿上球鞋干起活儿来脚下有弹力，坚持让我穿。母亲一再嘱咐我，出去和大人一块儿干活一定要有眼色。我不知眼色为何物，但我说知道了，口气有些不耐烦。更让人感到不好意思和不可理解的是，中午做好了汤面条，母亲先给我捞了一碗稠的。母亲对我的姐姐、妹妹和弟弟们宣布似的说我要跟着大网去逮鱼，出力大，饿得快，得多吃点稠的。母亲这种优待家庭长子的做法，我的一娘同胞的姐弟们似乎已经习惯了，他们比我理解得好，从不提出任何异议。有压力的是我。母亲把事情搞得这样隆重，我真想摇身一变，变成哪吒那样无所不能的人物，伸手把大鱼从新河里拎出来，抛向空中，再摔到岸上。

来到那段新河的一个土坝上，堂叔他们把大网抻开，在前沿儿等距离拴上铁坠脚，前口儿和两侧接上拉网用的绳子，在一片喜悦的对大鱼调侃似的宣战声中，大网就徐徐地下水了。大网前沿儿贴向河底，后网背被一根粗绳做的网纲拉紧，高出水面五尺有余，很快布成簸箕型拦河拉网之势。这条新河是五十年代末期大搞河网化那年平地开凿的，大概还没上过地图，所以没有正规的名字。相对老河而言，当地人把它叫成新河。新河纵贯东西几十里，却没有建什么桥，应当建桥的地方，筑起的多是土坝，把新河分截成一段一段的。这就是说新河的水是死水，不是活水。大鱼如同养在水塘里，在没有发生洪水漫溢之前，不用担心大鱼会扎翅飞跑。这段新河大约二里来长，大网自西向东拉去。河两岸分别有七八个人，每人手里拉着一根绳子。有的拉网口，有的拉网腰，有的背后纲，人人脸上都是稳操胜券的表情。我看这种办法跟用铁笊篱在锅里捞取水饺儿差不多，水饺儿再滑头也躲不过铁笊篱呀！堂叔在后面背纲，负的是书上说的担纲的重任。他的身体与网的走向平行，纲绳紧绷绷地担在双肩上。他和对岸的一位壮汉除了拼力使后网背保持一定高度，免得大鱼跳过"龙门"，堂叔还通过大纲给全网"号脉"，若大鱼撞在网里了，堂叔发一声喊，众人才会及时将大网拉出水面，把大鱼擒获。

堂叔没有让我拉网，他交给我一个预期性的任务，让我等着拾鱼。我紧紧跟定运行中的大网，看着大网怀里的水面，盼望大鱼尽快投网。大网往前拉动的速度不是很快，但还是给人造成一种河水缓缓向后流动的感觉。表面的河水纷纷变成小于网眼的菱形方块，穿梭似的从众多的网眼里滑过，发出类似竹筛子筛芝麻的好听声音。岸边杂生着一些细秆的芦苇，大网过来时，把芦苇压倒了，大网一过，它们很快就重新站立起来。一些水草被兜底的大网铲断了根须，在大网后面漂浮起来。水草碧绿，根须雪白，看去十分新鲜。大网前面的河水是清的，大网过后，水里冒出一阵细泡，河水就稍稍有些泛浑。水的气息也随之升起来了，湿润中有一股浓郁的腥味。它传达出一个信息，的确有鱼族在河里生活。可大网拉出好长一段了，一次网也没起过。有个别鱼大概受到触动，从网里跳将起来，白光一闪，跌进水里去了。这是一种白鲢，一看它们苗条的身材，就可知网眼对它们是畅通无阻的，起网也没用。无鱼可拾，我无所事事，心里有些发空。父亲活着的时候，我当然没有这种感觉。那年发大水，父亲和堂叔他们到我们村东那条长河用大网堵鱼，父亲把我也带去了。大网就是这样，在活水里捕鱼，只把大网往河槽里一堵就行了。夜里，父亲把一领苇箔铺在河堤上，让我在箔上睡觉。我看了一会儿星星和萤火虫，听了一会儿蛙鸣，就睡着了。蒙眬中，我听见父亲他们发出一阵又一阵欢呼。早上醒来揉开眼一看，河堤外侧的水洼子里，金一块，银一块，铁一块（黑种鱼），已捕了一大堆鱼。既然接替父亲来参加捕鱼，我仿佛负了一份责任似的，心里就不那么轻松了。我很担心捕不到鱼。要是空网而归，我怎么跟母亲交代呢。三爷一定是看出了我的心思，他要我不要着急。三爷肩上扛着一根长长的竹竿，竹竿梢头绑着一个舀子。三爷是负责舀鱼的，无鱼可舀，他只能跟我一样，随着大网前行。三爷要到岸上的庄稼地边办一点小事，让我替他扛着舀子。我乐意干扛舀子的事，很想一直替三爷扛下去。可三爷办完事回来后，立即把舀子从我肩上拿过去了。河坡里有人放羊。远一些的水中有人光着身子洗澡。芦苇丛中惊起一只水鸟，水鸟是白色的，张开的羽翼在阳光下闪着童话般的光亮，悠悠地飞远了。

谁能想得到呢，我们的大网从西头到东头彻底地拉了一遍，连大鱼的影子也没碰见。拉网的人互相看着，觉得事情有些奇怪，大鱼会到哪里去呢？它不可能转移到别的地方呀。堂叔到水边洗了洗手，回过头问我："哎，你说大鱼还在不在河里？"这个问题对我来说显然太重大了，我头一蒙，看着堂叔，不知怎样回答。堂叔说："当学生的说话准，你要说大鱼在河里，咱就再拉一遍；你要说不在河里，咱马上卷旗收兵。"堂叔这么一说，别的人也都看着我，好像我真能说准一样。我觉出堂叔不像是跟我说笑话，可这样事关全局的事，我哪敢瞎说。我摇了摇头，头上的汗忽地就冒出来了。堂叔问："你摇头是什么意思？难道大鱼不在河里吗？"我忙说："不是……"堂叔说不是就好。我听见大家都笑了，而我的汗流得更汹涌。最后还是堂叔提议，折回去再拉一遍。堂叔说，当年挖这一段河时，他曾在河底挖过水下方，记得下面有一些壕沟。他估计大鱼可能躲在壕沟里去了，第一遍大网拉过，水浑了，大鱼该出来了。

第二遍是自东向西拉。我正以为须把大网从河里拉上土坝才能掉头，不料堂叔他们把后网背放进水里，把网的前沿儿抬高，往回一折，越过网背，大网轻而易举地就调整过来了。我不由得暗暗佩服堂叔他们的智慧。往回拉时，太阳已经偏西，不那么毒辣了。阳光照进水里，水面上闪烁着数不清的光点。那些光点不是全都像钻石发出的光芒，有的光点块儿大一些，呈现的是微黄或微红的色彩。它表明阳光已经变色儿了，开始向斑斓的和柔和的色调儿变。这时附近地里和村里的一些人出现在河堤上，在居高临下地看着我们拉网捕鱼。河南岸是庄稼地，北岸是一条通往老城的官路。有的在官路上行走的人也停下来了，一边摘下头上的草帽当扇子扇，一边向河里看着。还有热心人下到河坡里，一再向堂叔他们证实，这段河里确实有大鱼存在。他一边说一边使劲张开双臂比划，说谁要说瞎话谁是个丈人。他大约觉得仅用双臂比划还不够，就仰着脸往天上乱瞅，似乎想找一个新的参照系。可惜，天空中没有什么东西可供与大鱼比较，热心人未免有些遗憾。堂叔微笑着，对热心人的话表示相信。然而，大网又拉到了河的一半，仍没有任何和大鱼遭遇的迹象。天气比较凉快了，两岸准备看热闹的人越来越多。暂时无热闹可看，他们就制造出一点热闹来。有一个人指着网前面，惊呼地说："乖乖，翻了一个大花！——"别人顺着他的手指看去，他说出的下半句是"！——跟个大铜钱一样！"铜钱再大能有多大，围观的人都开心地笑了。又有一个人如法炮制，手指着河中央说："快看，一块白的！"还没等他说出下半句，嘴快的人已替他把包袱抖开了，说："一块云彩！"不错，天空正有一块狮子形的白云映在水里。于是大家又笑了。我听出来了，这帮人在笑话我们，讽刺我们。我们不就是没逮到大鱼吗，有什么值得讽刺的！我觉得应该生气，就生气了，皱着眉，紧闭嘴巴，恼怒地看着他们。我想起母亲跟我说的眼色，似乎懂得眼色是什么了，我希望那些人看看我的有力的眼色，把他们胡言乱语的嘴巴闭上。可他们无视我的眼色，照样又说又笑。这种情况下，倘是堂叔稍微有一点不满的暗示，我想我会开口骂人的。我将使用我所掌握的最恶毒的骂人语言，把那帮人骂得目瞪口呆。让我不解的是，堂叔他们一点也不着恼，人家笑，他们也跟着笑。堂叔还舍不得那些人走开似的说："你们都不要走，等我们把大鱼拉上来，每人赏给你们一根鱼毛！"谁都知道，鱼身上是不长毛的，这显然也是一个笑话，这笑话激起的笑声更高，河水是半槽，笑声仿佛是满槽。既然堂叔他们不在乎人家的讽刺，我也不管那么多了。我谁也不看，只看着露出水面的大网的网背。随着大网向前移动，网背上下有些沉浮。网背刚从水中浮上来时，有的网眼沾了水，像嵌着一块块透明的玻璃片。在渐渐西移的阳光的照耀下，那些"玻璃片"上焕发的是七彩之光。可惜，有光彩的扯薄的水片总不能持久，它们昙花一现，很快就破碎了，露出网眼的空洞。

就在这时，堂叔发出了起网的口令。堂叔的口令短促而突然，把人们吓了一跳。人们很快明白发生了什么事，奋力把大网抬起来了。在大网还没有完全脱离水面时，大鱼就现了形迹，在网里东一头西一头乱窜，把仅剩的水犁得哗哗作响。当大网抬离了水面，大鱼就作不了浪了，只在网里扭着身子瞎跳。大家都看见了，这条鱼的肚子真白啊，恐怕比传说中的白种女人的身体还要白。这条鱼的身子真长啊，恐怕比在电影上看到的跳芭蕾舞的女人的身体还长。大鱼不断跳跃的身姿也有些像跳芭蕾舞，不过大鱼似乎比舞台的舞蹈演员更高明一些，演员都是踮起脚尖跳，而大鱼呢，采取的多是倒立的姿势。由于网面有弹性，大鱼腾空的高度也高一些。别提拉网的人们有多高兴了，他们把头上戴的破旧帽壳随便掀落在地上，露出光头和变形的脸。他们像纤夫背船一样，拼力把网绳绷在倾斜的背上，还禁不住拐过头来对着大鱼齐呼乱叫。因为大家都在喊叫，谁也听不见谁喊叫的是什么。连那些站在岸上观看的人群也跃着下到河坡里来了，加入拉网和喊叫的队伍。要是有一幅巨大的油画就好了，既画下这宏大而狂欢的场面，又画下人们千姿百态快乐而发疯的表情，油画的名字就叫人鱼之战，当是不朽之作。我知道这是不可能的，谁也作不成这样的油画。我没随着人们喊叫。我被突如其来的大鱼和人们的欢呼镇住了，一时喉头发紧，喊叫不成。我觉得鼻腔和眼睛里都是热辣辣的，似乎有眼泪要涌流出来。过后我才知道，当时是太激动了，激动得都有点紧张了，有点傻了。黑狗也激动得不行，对着网中赤条条的大鱼汪汪直叫，急得在水边左右乱扑。看样子，倘若网中活跃着的不是大鱼，而是兔子，黑狗早就冲过去露一手了（准确的说法应该是露一嘴）。真正应该露一手的是三爷，三爷舀鱼以稳准狠著称。三爷不失时机地把绑在长竹竿上的舀子打出去了，直向鱼头兜去。看来还是对大鱼的长度估计不足，舀子显得浅了，只能套住大鱼身体的一半。三爷用舀子兜住大鱼的半个身子刚要往回拉，大鱼一个打挺，便从舀子里逃脱出来。这样兜了两次，大鱼逃脱出来两次。大鱼第三次从舀子里挺身而出时，它的尖嘴插在了一个网眼里，结果它轻轻地把嘴一张，网就破了，它的闪着水光的流线型身体，穿过网洞，划过一道优美的直线，水花很小地直落到水里去了。该怎样描绘人们沮丧的心情呢？要是有一幅巨大的油画就好了，就可以把每个人的形态和表情都收进去了。那是事情的陡变留在人们形体和面部表情上的痕迹，比如伸长的手臂还未及收回，张大的嘴巴还未及合拢，满眼的热泪还未及流出，等等，一切就变成了瞬间的永恒。油画的名字就叫网破鱼活，当是不朽之作。我知道这是不可能的，谁也作不成这样的油画。不仅是油画，任何艺术品种对丰富多彩的人间生活都不及万一。这是因为，笔不及万一，色彩不及万一，文字不及万一，这是全人类共同的遗憾啊！

　　还是说我自己吧。我有什么值得说的呢，黑狗还知道冲大鱼叫几声，可我什么也没干。这时我产生了一个比较奇怪的念头，要是父亲还活着，要是父亲来参加捕鱼，也许大鱼就不会逃脱了。都是因为缺了我父亲，才使大家空欢喜一场。这种念头把我刚才的激动变成了伤感，激动的泪水还未及流出，就转化成伤感的泪水了。这时堂叔别说安慰我了，哪怕堂叔只是看我一眼，我的眼泪就会流出来的。堂叔没有看我，他谁也没看，只看着大鱼落水的地方。堂叔哈哈笑着，骂了大鱼。他骂得一点也不狠，使用的是亲切和调侃的语调。他对大鱼说："你逃不出老子的手心，看老子下次怎么收拾你。"别人都赞同堂叔的说法。在堂叔的指挥下，大家开始回收被大鱼撕破的渔网。就这样，我的伤感被冲淡了，眼泪始终没有流出来，不知不觉收回去了。在我平静下来后，堂叔才跟我说话，问我怎么样，好看吗？我说好看。大网没有白白被大鱼撕破，堂叔他们因此得出一个教训，说夏季大鱼的腰身太软，弹性太好，劲太大，下次和大鱼交手，一定要等到严寒的冬天。到了严冬，大鱼的腰身就比较硬了，就不那么活跃了。

在回村的路上，堂叔他们还在议论大鱼的事。他们认出来了，这条大鱼叫黄劫。我分不清是皇姐还是什么，后来查遍词典也找不到这个鱼种的名字，就擅自写成黄劫。黄劫的特点是身体浑圆，细长，嘴尖。它游速快，攻击力强，以吃其他鱼类为生。和海洋鱼类比起来，它的能力和地位类似海洋中的鲨鱼，它是淡水河中的霸王。既然知道了河中的大鱼是不可一世的黄劫，堂叔他们更不会放过它了。

直到我们学校放寒假，堂叔才组织了第二次针对黄劫的捕捞行动。听母亲说，堂叔事前向她打听过，我什么时候放假。还听母亲说，有一天刮北风，天气很冷，有人向堂叔建议，可以去拉网了，不然的话，等河里结了冰就逮不成黄劫了。堂叔没有同意。堂叔的意见是等我放了寒假再说。堂叔没有说过坚持等我的道理，我也想不明白，堂叔为什么非要带着我这个无关紧要的少年人参加捕鱼。我隐隐约约觉得里面是有道理的，但我说不清里面的道理是什么。要是回老家去问堂叔，堂叔也许会说明白。让人痛心的是，我的堂叔，他……他也去世好多年了。

那天下着小雪，河坡里一片白。天气的确很寒冷了，岸边已结了一层薄冰，冰的骨架在向河中延伸。大网下水时，把尚未成形的冰弄碎了，发出一阵脆响。我看见，大网上次被黄劫撑破的洞已经补上了。整张大网用新鲜的猪血重新喂过，补过的地方不是很显眼。这时我有了一个主意，觉得网破的地方不应补成原来的样子，而应该利用破洞接成一个长长的袖兜。那样的话，黄劫一栽就栽到袖兜里去了，就束手就擒了。我的主意没有说出来，大网已经下水，我说出来也没用了。我想如果黄劫这次再把大网撕破，我一定向堂叔建议在网的底部接一个袖兜。黄劫没有留给我出主意的机会。跟堂叔估计的一样，到了冬天，黄劫的本领就施展不开了。黄劫被大网抬出水面后，只蹦跶了几下，就望着飘雪的天空，无可奈何似的倒下了。黄劫是被我们用一辆架子车拉回村的。架子车车厢的长度赶不上黄劫的长度，把黄劫在架子车上斜着放，黄劫的头和尾还是露出了车厢。这有点委屈黄劫了。

切断分鱼的时候，我没有去，母亲去了。母亲分回的不是鱼头部分，也不是鱼尾部分，而是鱼的中段，是一滚儿细白的鱼肉。母亲把鱼肉切成小块儿，拌点面，用油一煎，烧成了一锅很香的鱼汤。在喝鱼汤之前，母亲还有话说。母亲的话主要是对我姐姐、妹妹和弟弟说的，我也听见了。母亲对我姐姐说："这鱼是你弟弟逮的，吃吧。"母亲对我妹妹和弟弟说："这鱼是你哥哥逮的，吃吧！"

1999 年 5 月 1 日至 10 日于北京和平里

车倌儿

早上六点来钟，太阳还没出来，窑嫂宋春英就去窑口下面接她家的骡儿。这里不把骡子叫骡子，这家那家，都在骡后面加了儿音，叫成骡儿。这种叫法儿好像是对骡子的一种昵称，叫起来亲切些。煤窑既然是一座开采规模不大的小煤窑，窑下运煤就没有使用电机车，而是使用了运输成本相对低廉的骡子拉车。一天三班倒，一班大约下窑六十来头骡子。拉车时间加上交接班和上窑下窑在斜井里走道儿的时间，一头骡子一个班要在窑下待十来个钟头。比如上夜班的骡子头天晚上九点下窑，要到第二天早上六点至七点之间才能陆续上窑。到了这个时间，宋春英就提前到窑口下面去等。不管好天好地，还是刮风下雨，她一天都不落下。其实宋春英家的骡儿认路记家，宋春英不必到窑口接它，它出了窑，自己就会回家。可宋春英每天接骡儿已经成了习惯，不及时把骡儿迎接一下，好像对不起劳苦功高的骡儿似的。以前她每天接回来的还有她的丈夫，自从丈夫不在了，她接回来的只有她家的骡儿。

有接骡儿习惯的不止宋春英一个，不少窑嫂都在窑口下面等着接骡儿。窑口建在一个山坡的平台上，平台高出地面两丈多。平台下面是窑上的风机房，那些窑嫂就站在风机房后面或房山东头，仰着脸，眼巴巴地朝高处的窑口望着。她们沿着阶梯攀上平台，直接到窑口接骡儿不行吗？不行，绝对不行！不知是哪个说的，煤窑是窑儿，女人也是窑儿；煤窑属阴性，女人也是阴性，窑儿碰窑儿，阴性碰阴性，是不吉利的，女人一到窑口，窑下就可能出事儿。女人们别说到窑口去了，哪怕走得离窑口稍近一点，就会遭到窑口信号工和检身工的大声呵斥，让她们离远点儿。别的大一些的煤窑，开绞车的、发灯的、做饭的，要用一些女工。女工工资低，用起来便宜些，还可以给窑上调节一下空气。这座窑为防止女人因工作关系接近窑口，连一个女工都不用。窑主因此很骄傲，说在我窑上做工的是清一色的男人。那些等着接骡儿的窑嫂对该窑的性别歧视都很有意见，她们说，都到啥社会了，还这样看不起女人，真不像话！有意见归有意见，窑上窑下的规矩她们还得遵守。

一个窑嫂说，出来了！好几个窑嫂马上附和，出来了出来了！她们的声调和表情都很欢喜。

此时太阳刚露出一点红边，从那点红边看，将出升的太阳不知有多么巨大呢，也许会把半边天都占满吧。太阳红得很厚实，恐怕挑一块最大的煤烧红，都赶不上太阳红得厚实。太阳红得也很艳丽，很有传染性，它不仅染红了天际，连那些窑嫂们脸上都有些红红的。别误会，她们说的出来了不是指太阳，而是指从窑口出来的第一头骡儿。不错，窑口朝西，骡儿是从地底冒出来，是从东边出来。太阳出来的地点、方向、时间和骡儿几乎一致。可窑嫂们用近乎欢呼的声调所说出来了的确指的是骡儿，不是太阳。也就是说，在她们心目中，骡儿比太阳更重要，更值得她们关心。

骡儿从窑下出来，都要在窑口处稍稍站一下，往下面的窑场看一看，并不急着马上离开。它们都不会说话，从没接受过记者采访，谁都弄不清它们为何站下？看到了什么？有何感想？它们目光平静，像是有所沉思。沉思过后，它们顺着绞车道往上走几步，往里一拐，从平台一侧的斜坡上走下来。不管是黑骡儿、白骡儿，还是灰骡儿、红骡儿，它们身上的毛都湿漉漉的，分不清是汗水还是淋水。它们一定是累坏了，也饿坏了，一走下斜坡，就低下头，嘴唇贴向地面，开始找吃的。地上都是脏污的煤尘，没有什么东西可吃。有的骡儿嘴唇触到一根劈开的葵花秆儿，衔住吃起来。还有的骡儿捡起一只废弃的纸烟盒，竟像吃树叶儿一样吃到嘴里去了。每一只骡儿后面都没有跟着赶骡儿人。赶骡儿人也叫车倌儿。车倌儿下班后，都坐着笼形的载人车，提前出来了。骡儿的体积太大，进不了笼车。再说骡儿天生是拉车的，好像也没资格坐车。

宋春英的骡儿是一只青骡儿，青骡儿刚拱出窑口半个身位，宋春英一眼就认了出来。她的嘴张了张，想对着青骡儿喊一声，告诉青骡儿她在这儿呢！因青骡儿没有姓氏，她也没给青骡儿起名字，不知喊青骡儿喊什么。她快步走到斜坡下面，一手抚着青骡儿的脖子，一手把绾在青骡儿辔头上的拴青骡儿的皮绳解开了，把皮绳牵在手里。她看看青骡儿的眼睛，还没等青骡儿看她，就把目光躲开了。她听人说过，骡儿的眼睛看人时，人形是放大的，能比人的原形放大好几倍，简直就是庞然大物。不然的话，骡儿的力量比人的力量大出许多，不可能受制于人类，在人类面前不会这样驯服。因骡儿的眼看人高大，才对人有些害怕，不得不受人使唤。宋春英之所以不愿让青骡儿看见她，是不想在青骡儿眼里变形放大，免得青骡儿害怕她。她想跟青骡儿保持一种平等和睦的关系。不看青骡儿的眼睛了，她就看青骡儿的四条腿和四只蹄子。蹄子踏在地上嗒嗒的，四条腿迈动都很均匀，没有什么问题。青骡儿的背部和臀部两侧呢，也没有磨破和受伤的地方。看到青骡儿一切正常，她就放心了，牵领青骡儿到一个固定的、细土多的地方去打滚儿。从窑下出来，骡儿们都要在地上打一个滚儿，这是一个必不可少的动作和程序。骡儿们为什么非要打滚儿呢？是为了去痒？解乏？还是为了干净呢？也许这几项作用都有吧。好比窑哥们儿从窑下出来都要洗一个热水澡，热水澡一洗，就舒服了，来精神了。青骡儿腿一曲卧下了，先把肚子右侧在土里滚了两下。滚过右侧，它四蹄一弹，弹得仰面朝天，又迅速滚向左侧。左侧也滚了两下，青骡儿的滚儿就算打圆满了。它站起来那么一抖擞，仿佛身上又来了使不完的劲。下一步，宋春英就该伺候青骡儿吃饭了。门口有一根木桩子，旁边支一个由大铁桶锯成两半做成的铁槽，铁槽就是青骡儿的饭碗。宋春英把青骡儿拴在木桩子上，青骡儿就在外面吃饭。新鲜的谷草筛过了，上好的黑豆泡好了，也煮熟了，青骡儿一回家就可以开饭。可惜青骡儿不会喝酒，要是青骡儿会喝酒的话，她会把白酒备上一点，举起杯对青骡儿说，来，干！宋春英早上给自己熬的是小米稀饭，盖在锅里还没吃。等青骡儿开始吃了，她才陪着青骡儿一块吃早饭。她听见青骡儿吃得很香，好像自己的稀饭也香了许多。

晚上八点半，车倌儿赵焕民准时到宋春英家牵青骡儿，准备下窑。这时宋春英已把青骡儿牵到屋里去了。她家用泥巴糊顶的小屋是两间，一间住人，一间住骡儿。两间屋有门相通，门口只挂一块旧布帘子。这里的贼人偷骡子偷得很猖獗，只要天一落黑，她就得把青骡儿牵到屋里去。之所以把两间屋打通，也是为了保护青骡儿，只要青骡儿那边稍有一点动静，她都听得见。赵焕民站在门口说，嫂子，牵骡儿。

宋春英开了门，让赵焕民进来。

赵焕民说，身上脏，不进去了。他头戴胶壳矿帽，脚穿深筒胶靴，已换上了下窑的衣服。窑上不发给工作服，他的工作服就是自己平常穿的衣服。他上身穿的是一件红秋衣，下身穿的是蓝裤子。不过煤粉子把红和蓝都遮盖住了，上下的衣服几乎都变成了黑色。

宋春英说，脏怕什么，进来嘛！

赵焕民只好弯一下腰进屋去了。屋里的地比较低，他脚下一闪，像下进坑里一样。屋顶也很低，只要一伸手，就会摸到屋顶。

宋春英指着一个小凳子，说坐一会儿嘛！

赵焕民没有坐，坐下说什么呢！他说还要去领灯，没时间了，牵骡儿吧。

宋春英打开那屋的门，把青骡儿牵了出来，交到赵焕民手里。她想跟赵焕民交代几句，青骡儿在窑下要是不听话，该骂就使劲骂，只是打的时候注意点儿，别打得太厉害。若打得太厉害，骡儿会受伤是一方面，另一方面，骡儿有可能跟人记仇。有一个车倌儿打骡儿打得太厉害了，骡儿就跟他记了仇，拉着重车把他往煤墙上挤，结果把他的胯骨挤断了，好好的人成了残废。这些情况都是丈夫生前告给她的。听丈夫说，每个车倌儿在窑下都打骂骡儿。他们骂骡儿骂得声音很大，也很恶毒，从骡儿的亲娘亲姐亲闺女，一直骂到八辈祖宗。他们一边骂一边打，打骡儿打得也很凶。他们打骡儿的器具有多种，有的用皮鞭，有的用钢丝鞭，还有的用劈柴棒子，你只看骡儿出窑时身上的道道鞭痕，块块伤疤，就知道骡儿在窑下挨了多少打了。反正骡儿不会说话，他们好像不打白不打似的。在这个世界上，很少有人看得起做窑的，他们在窑主面前连大声说话都不敢，他们觉得憋气，觉得委屈，只有拿骡儿们发泄一下。不想想，你们拿骡儿们出气，骡儿们也有血有肉，知冷知痛，它们找谁出气呢！话到嘴边，宋春英没说出来。以前她每次向赵焕民交代，赵焕民都不说话，不好好答应她，这让她甚是担心，赵焕民在窑下不知怎样欺负她的青骡儿呢。每次接到青骡儿时，她都马上细心检查。还好，青骡儿身上没什么鞭痕，也没有被鞍子和套绳磨破皮的地方，这表明赵焕民对青骡儿还是不错的。这天她说出来的是，小赵，谢谢你！

赵焕民问，谢我什么？

你对青骡儿挺好的。

看出来了？

早就看出来了。

怎么看出来的？

宋春英笑了一下，说这话问的，用眼睛看出来的呗。

赵焕民说，我对青骡儿再好，也比不上嫂子你对青骡儿好呀！

宋春英说，那是的，我和郎郎就指望这头青骡儿了。

年初的一天，窑下的变压器着了火。因变压器放在一个用木头支架支起来的煤棚子里，变压器一窜火，就把木头支架引着了，接着煤壁和煤顶也着了火，整个窑腔子里顿时狼烟动地，浓烟从窑口冒了出来。那些烟像水一样，无处不到，很快把各条巷道、各个采煤工作面都灌满。烟和水又不一样，水先往低处流，在斜巷高的地方，人还可以暂时躲避一下。而烟是轻质的，不管高处低处，它一处都不放过。越是高处，越是边角，烟充得越满。须知那些烟是有毒的，它们到了哪里，就把哪里的氧气吃完了，只剩下毒气。当时在窑下干活的有一百多个窑工，七十多头骡儿。毒烟一起，窑工和骡儿霎时乱了套，你往这边跑，他往那边跑，撞得人仰骡儿翻，堵塞了巷道。大概连老鼠洞里也充满了毒气，白毛老鼠也乱窜一气。那次着火，一共毒死了二十三个窑工，六十一头骡儿。当时，宋春英的丈夫驾驭的骡儿拉的是装满煤的重车，他想把骡儿从车上卸下来，拉着骡儿一起跑。结果还没等他把骡儿卸下套，丈夫和骡儿就被毒烟熏死了。丈夫的尸首是完整的，倒在车辕里的骡儿也没有少皮掉毛。据下窑救护的人说，她丈夫死时，两只胳膊还紧紧抱着骡儿的脖子。死掉的骡儿，各家都没有剥皮，没有吃肉，也没有卖到肉坊里去，而是在窑外的山坡挖个坑，把骡儿深埋了。一头骡儿的市场价是四千块到六千块，窑上只给死骡儿的主人赔了一千块钱就完了。

丈夫和骡儿死后，宋春英和儿子在窑上没有走。窑上停产整顿四五个月，宋春英成天一点事都没有，但她仍然坚持不走。她的老家在四川，离窑上很远。老家就那么一点点山地，每年打那么一点粮食，恐怕连供孩子上学都不够。窑上恢复生产后，宋春英把丈夫因工死亡窑上给她和儿子的抚恤金劈出一些，加上因死骡儿赔给的钱，她花了五千多块，买了现在这头青骡儿。没人为她下窑赶骡儿，她就雇了赵焕民当车倌儿。她家除了骡儿，还有一辆胶皮轱辘铁壳子车，她是主家。她和赵焕民的关系是雇用和被雇用的关系。赵焕民刚到窑上打工不久，他没有骡儿，也没有车。而没这两样东西，他就没有下窑的资格，只能被有这两样东西的人来雇用。这种关系不能说成赵焕民租用宋春英家的骡儿和车，只能说是主家雇用的车倌儿，主次相当分明。窑上在月底跟他们结算工资时，也是只找主家说话，窑方把工资付给主家，再由主家分给被雇用的工人。分配的方法一般是一半对一半，比如车倌儿一个月在窑下赶车拉煤挣了三千块钱，那么主家先留下一千五百块，另一千五百块付给车倌儿。这种雇用车倌儿的办法不是宋春英发明的，她是跟别人家学的。有的人家只养骡儿，只置办车辆，骡儿养了两三只，铁车打制两三辆，家人一个都不下窑，每辆骡车都雇用一个车倌儿，只等着分骡儿和车那股的钱就行了。当然，在一家只有一骡儿一车的情况下，男主人下窑赶车的多些，这样人和车挣的钱都是自己的，对自己家的骡儿也会爱惜一些。话说到这里就明白了，宋春英和刚上小学一年级的儿子，的确没有别的生活来源，全靠青骡儿给他们挣钱。他们吃饭靠青骡儿，穿衣靠青骡儿，儿子上学交学费更得靠青骡儿。宋春英的丈夫没有了，郎郎的爸爸没有了，母子俩不靠青骡儿靠谁呢!

秋风凉了，窑上的煤卖得好，工资也比以前发得及时。这才九月半头，八月份的工资就下来了。窑上的账房通知宋春英去领钱，宋春英找到自己的名字往后一看，心里突地一跳，这个月的工资总数竟有三千八百多，扣除了她家的房费，赵焕民的房费，还有骡儿的保护费（每头骡子窑上每月收取八十块钱的保护费），还能得三千五百多。挣钱挣得多，说明赵焕民运煤运得多。窑上实行的是计件工资制。装满一车煤重量是一吨，车倌儿们把一吨煤说成一个煤。每从采煤工作面运到窑底车场一个煤，车主和车倌儿就可以得到十二块钱的装卸费和运输费。整个算下来，赵焕民一个月运了三百多个煤，平均每天超过十个煤。据说运一趟煤来回要走七八里路，这十多趟煤，青骡儿和小赵要走多少路啊!

宋春英把自己应得的一半钱留下，把赵焕民的一半给赵焕民送去了。赵焕民正在宿舍里吃饭，他用铁锅煮的挂面。他还用一个装糖果的大玻璃瓶子腌了多半瓶子咸菜，里面有白萝卜、红萝卜、包菜片子，还有辣椒。他一边吃汤面，一边就咸菜，吃得满头大汗。他从窑下出来，一定是饿坏了，连澡都没洗，连窑衣都没换，就那么黑着脖子黑着脸，就开始做饭吃饭。见宋春英进来，他有些不好意思。窑工都是这样，在没洗澡没换衣服之前，都不愿让女人看见。宋春英说，正吃饭呢，你的饭太简单了。

赵焕民说，吃饱就行了。

那可不行，稀面条子不顶饿。宋春英的丈夫活着时，丈夫每天下了班，她都要给丈夫炒点肉，炒俩鸡蛋，还让丈夫喝点热酒，从不会让丈夫吃得这样简单。

赵焕民说，屋里太脏了，你看，连个坐的地方都没有。

没关系，我站一会儿就走。这个月的工资下来了，你干得很不错。

这都是青骡儿的功劳。

青骡儿有功劳，你也有功劳，至少有一半功劳是你的。给，这是你的一半工资，你数数。

赵焕民接过钱，没有数，就装进挂在墙上的干净衣服口袋里去了。

宋春英说，你这屋子不是放钱的地方，吃了饭，洗了澡，先别睡觉，马上坐车到县里邮局，把钱寄回家去。

我知道。

宋春英要走时，赵焕民喊住了她，赵焕民说，嫂子，有一句话，我不知道当说不当说？

宋春英以为是有关工资分配的事，说，有什么话你只管说吧。

赵焕民说，嫂子，我劝你以后别去打麻将了。

哦，是这事儿。宋春英说，我没打，我只是去看看。

我听说你昨天输了九十多块。

谁说的？

我在窑下听别的车倌儿说的。

宋春英无话可说了。她心里还是不大服气，我打麻将花的是我自己的钱，又没花你的钱，你管那么宽干什么！

马字搭个累字就是骡儿，骡儿挣点钱不容易。有那几十块钱，还不如给孩子买几本书呢。打麻将的人最后没有赢钱的，都是输钱的。

宋春英脑子里在拼字，骡儿的骡果然是马字和累字拼成的。她也是初中毕业，骡这个字成天在脑子里过，怎么没想到骡原来是马累或是累马呢！看来在对骡儿的理解上，她还不如赵焕民。

青骡儿吃饱了，在眯着眼儿晒太阳。天很蓝，太阳很好，阳光照在人身上穿透力很强。每天这个时候，宋春英该去打麻将了。窑场大门口右侧有一个饭店，去那里吃饭的人不多，去打麻将的倒不少，饭桌变成了麻将桌。每天，打麻将的至少开两桌，有时开三桌。有上手打的，也有围观的，每个麻将摊周围都站了不少人。周围的人不光是看，还押钱。见哪个人手气好，就往人家面前押钱。人家若是赢了，押钱的人就跟着沾光，押下的钱就可以翻番。如果人家输了，押的钱就被别的赢家收走了，他们把麻将在桌面上磕得很响，嘴里还胡乱骂着，饭店里甚是热闹。打麻将的有男有女，其中不少人是宋春英的老乡，从口音上，让宋春英觉得亲切。从一定意义上讲，宋春英是冲着乡音去的。可今天还去不去打麻将呢？宋春英有些犹豫。要是她去打了麻将，那些参与打麻将的车倌儿到窑下又会乱说，赵焕民又会知道。她倒不是非要听从赵焕民的劝说，一个她雇用的车倌儿，与她非亲非故，她听不听两可。可是她得承认，赵焕民的话确实有道理。她丈夫活着时，丈夫打麻将有些上瘾。那会儿，是她劝丈夫别打了，丈夫就是不听。为此，她和丈夫骂也骂过，打也打过，为了惩罚丈夫还不让丈夫上她的身，丈夫到底还是改不掉。现在的事情是，她成了成天打麻将的人，别人劝她不要再打，这算怎么回事呢？她对自己说，算了，不去打了。她到屋里转了转，心神还是有些不安，丈夫死了，儿子去县城上学不在家，她在家里待着干什么呢？窑上没有学校，附近农村也没有学校，宋春英听了别人的介绍，只好把儿子送到县城的私立小学去上学。私立学校收费高，一个学期一千多块。为了儿子将来的前程，宋春英认了。窑上离学校几十里，儿子一上学就得住校，一个月才能回来一次。一个六七岁的孩子，晚上睡觉时还要妈妈搂着，拉个屎还要妈妈帮他擦屁股，现在却要一个人住校，吃喝拉撒睡，都是自个儿管自个儿，真是让人心疼。还有，校方每月向每个孩子收取的伙食费是一百三十元。而孩子能吃到一百元钱的东西就算不错。粮价菜价都那么高，孩子能吃到什么呢！她问过儿子，每天能不能吃饱。儿子说能吃饱。她问儿子几天拉一次屎。儿子说不知道。连几天拉一次屎都不知道，可见儿子是吃不饱。宋春英没办法，不能因为儿子吃不饱就不让儿子去上学。有人唱山歌，喉咙沙哑着，但调子很苍凉，唱得很好听。那人唱的是：黄连开花儿一肚肚苦，骡儿家的苦水跟谁吐；煤窑窑开花黑加黑，下辈子拴我脑袋也不来……宋春英赶紧从屋里出来，想听那人多唱会儿。那人唱着出了窑上的大门口，就不唱了。她站在门口愣了好一会神儿，不知道赵焕民会不会唱这样的山歌。赵焕民既然会拆字，会解字，大概也会唱山歌吧。这天宋春英把自己管住了，到底没有去打麻将。她从床席下面翻出那只没有绣完的鞋垫，坐在门口一针一线绣起来。鞋垫是两只，丈夫活着时，她已经绣完了一只。鞋垫上的花样子是她从老家带来的，上面除了有喜鹊梅花，左右还各有一个字，一个是恩字，一个是爱字。这样的鞋垫当然是为丈夫绣的，左脚鞋垫的恩字刚绣完，丈夫就出事了，右脚鞋垫的爱字就没有接着绣。她想还是绣完吧，就算丈夫不能再用，权当寄托对丈夫的一份思念，权当打发时间吧。

赵焕民再去宋春英家牵青骡儿，宋春英抓空子就问赵焕民，会不会唱山歌。

赵焕民问她什么山歌。

宋春英说，那个，就是那个，挺好听的，一听就让人想哭的那个。

赵焕民让她唱一句试试。

宋春英想了想，说她唱不了，只把听来的两句歌词念了一遍。

赵焕民笑了一下，样子像是有些不好意思，问，你听着这歌词好吗？

当然好了，这样的歌词把骡儿和窑哥们儿的心里话都唱出来了。

这都是我瞎编的。

宋春英大为惊奇，像不认识赵焕民一样瞪大眼睛问，真的，真是你编的？

编不好，瞎编。他随口又念了两句：天轮轮开花吱呀呀响，谁家的孩子不想娘；荞麦子开花愁连愁，哥哥你一去为啥不回个头。

宋春英眼圈红了一下，却笑着说，既然会编歌词，一定会唱了？

我不会唱，真的不会唱，我嗓子不行。我把歌词告给别人，都是别人唱。

宋春英真正开始对赵焕民另眼相看，是她送儿子郎郎去上学的那天下午。郎郎一月回家一次，回家休息四天，接着再去一个月。郎郎去上学时，有一辆白色的小面包车到窑上来接郎郎。面包车当然不是接郎郎一个，这个窑上有五个孩子在县城上学，都是搭这个车。来这个窑之前，面包车已去了两个窑，车里已塞进十一个孩子。宋春英本来说好跟郎郎一块儿去，去给郎郎交这个月的伙食费。一看车上实在挤不下了，宋春英就跟郎郎说她不去了，让郎郎跟老师说一下，她过两天再去。她把郎郎一个人十块钱的车费付给了开车的师傅。郎郎一听说妈妈不去，眼里即时涌满了眼泪。郎郎没有哭出声，眼泪也没有流出来，就那么在眼皮里包着。这真是一个本事，眼泪包得那么满，两眼都明汪汪的，却一滴都不掉下来。这时赵焕民从车旁路过，便把头探进车窗，往车里看了看。他看见了郎郎，也看见了郎郎眼里的两包眼泪。他每天到郎郎家牵骡儿，有时会看见郎郎，知道郎郎是一个心事很重的孩子。他想跟郎郎说句话，问一问，郎郎，郎郎你怎么了？话没问出口，他的眼睛也湿了。他的两个湿眼窝子被宋春英无意中看到了。他只顾看郎郎了，没有注意宋春英，宋春英却注意到他了。宋春英想起了赵焕民编的一句歌词，天轮轮开花吱呀呀响，谁家的孩子不想娘，这个孩子谁能说不包括郎郎呢！她心里一热，算是知道她的车倌儿是个什么样的人了。

宋春英用一个搪瓷大茶缸蒸了半茶缸米饭，把炒好的鸡蛋压在米饭上头。为了保温，也是为了让饭菜保持干净，她给茶缸盖了盖儿不算，还在茶缸外面包了一个厚塑料袋，并用橡皮筋把袋口紧紧缚住。赵焕民又来牵青骡儿时，宋春英让他把饭菜也带上。

赵焕民说，嫂子，我在窑下不吃饭。

在窑下八九个钟头，饿着肚子对身体不好。你大哥活着时，我每天都给他带饭。

我已经习惯了，在窑下真的不吃饭，再说也没时间吃。

我叫你带，你就带，你说这么多废话干啥子嘛！你放心，我不会扣你一分钱工资。

话说到这份儿上，赵焕民只好把饭菜接在手上。

下班后，赵焕民向宋春英送还空茶缸子时，顺便从窑口给宋春英扛去了一块煤，那块煤亮晶晶的，很大，没有八十斤，也有七十斤。虽说窑工和窑工家属烧煤都不花钱，赵焕民给她家扛去大煤，她就不必去捡装车时洒在地上的碎煤了。赵焕民说，嫂子做的饭真香！

宋春英说，香吧，我说让你带你还跟我客气呢，你个傻瓜！你要是吃着香，以后下了班自己就不用做饭了，我提前给你做好，你就在我这儿吃。

窑上没有澡堂，窑工们下了班，都是自己临时烧水，烧了水倒进盆子里，各自在宿舍里洗。赵焕民要把自己洗得干干净净的才去嫂子那里吃饭。因他洗得细致，洗得慢，宋春英等的时间就长一些。终于有一天，宋春英对赵焕民说，以后我提前给你烧好水，你就来家里洗澡吧！说了这话，宋春英的脸很红。

赵焕民的脸比宋春英的脸还要红。

人心里头开花儿应该怎么唱呢？

2004 年 9 月 26 日至 10 月 3 日（国庆期间）于北京

信

一般的柜子两开门，李桂常家的大衣柜是三开门。中间那扇门宽，左右两扇门窄。小小暗锁装在两扇窄门上，需要把柜子上锁时，两边的锁舌头都得分别探进中间那扇宽门的木槽里。柜子里的容积已经不小了，可着中间那扇门镶嵌的一面整幅的穿衣镜，给人的感觉，又大大扩展了柜子的空间：卧室里的一切，阳台上的亮光，似乎都被收进柜子里，李桂常本人也像是时常从柜子里走进走出。

　　天气凉了，李桂常把儿子的毛衣拆开重织，需要添加原来剩下的毛线，就把柜子右侧的一扇门打开了。这扇门里面有一道竖墙样的隔板，把大柜子隔开，隔成一间小柜子。小柜子里放的都是不常用的东西，如李桂常以前穿过的黑棉裤、蓝花袄，用旧的粗布印花床单，一塑料袋大小不等五色杂陈的毛线团子等。这扇门李桂常不常开，她一旦打开了，一时半会儿就不大容易关得上。因为小柜子的下方有一个抽屉，抽屉里有一本书，书里夹着一封信。这封信她已经保存了九年。每当她打开这扇门，心上的一扇门也同时打开了。她有些不由自主似的，只要打开这扇门，就把要干的事情暂时忘却了，就要把放在抽屉里的信拿出来看一看。信有十好几页，她一拿起来就放不下，看了信的开头，就得看到信的结尾，如同听到写信人以异乎寻常的声调在信的抬头处称呼她，她就得走过信的园林，找到写信人在落款处站立的地方。李桂常小心翼翼地把抽屉拉开了，几乎没发出一点声响。如果抽屉中睡着的是一只鸽子，她也不一定会把鸽子惊动。受到触动的是她自己，和以往每次一样，她的手还没摸到信，心头就弹弹地开始跳了。然而这一次她没有找到信。她不相信伴随她九年的信会失去，因而她连自己的记忆和眼睛也不相信了。夹藏那封信的是一本挺厚的专门图解毛线编织技术的书，她把书很快地翻了一遍又一遍，把每一页都翻到了，只是不见那封信。她脸色变白，手梢儿发抖，脑子里空白得连一个字都找不到了。她的动作变得慌乱和盲目，把棉裤棉袄床单一一抖开翻找。把抽屉全部抽出来，扣得底面朝上，把每一个细小的缝隙都检查过了。她甚至怀疑那封信会埋在盛毛线团的塑料袋里，就把毛线团往床上倾倒。花花绿绿的毛线团以不错的弹性，纷纷从床上滚落，滚得满地都是。毛线团带着调皮的表情，仿佛争相说我在这儿呢，可它们每一团都是绕结在一起的毛线，而不是那封长信。李桂常对自己说不要慌不要慌，好好想想。她坐在床边虚着眼想了一下，再次拿起那本书，幻想着熟悉的信札能拍着翅膀从书里飞出来。书板着技术性的脸，无情地打破了她的幻想。李桂常鼻子一酸，差点落下泪来。看来那封万金难买的信真的不见了。

李桂常很快想到了自己的丈夫，家里除了她，握有柜子钥匙的只有丈夫，知道那封信放在什么地方的也只有丈夫，一定是丈夫把信拿走了。对于她保存那封信，丈夫一直心存不悦，认为那不过是一些写过字的废纸，毫无保存价值。丈夫更是反对她看那封信，威胁说，只要发现她看那封信，马上把信撕掉。丈夫在家时，她从来不看那封信，只把信保留在心上。她都是选择自己一个人在家的时候，才把门关上，窗关上，按一按胸口，全心投入地看那封信。她清楚地记得，上次看信是在一个下雨天。那天，杨树叶子落了一地，每片黄叶都湿漉漉的。一阵秋风吹过，树上的叶子还在哗哗地往下落，它们一沾地就不动了。但片片树叶的耳郭还往上支棱着，像是倾听天地间最后的絮语。她看了一会儿满地的落叶，心里泛起丝丝凉意，还有绵绵的愁绪，很想叹一口气。回到家里她才恍然记起，自己有一段时间没看那封信了。她说了对不起对不起，随即把信拿出来了。待她把信读完，天高地远地走了一会儿神，才把气叹出来了。叹完了气，她像是得到了最安适的慰藉，心情就平静下来。她珍惜地把信按原样叠好，重新装进原来的信封里，并夹到书本的中间，放回抽屉里。那天丈夫很晚才回家，不可能看见她读信。难道丈夫在放信的地方作了不易察觉的记号，她一动信丈夫就知道了？倘是那样的话，事情就糟糕了。她仿佛已经看见，丈夫恼着脸子，以加倍的办法，很快把信撕成碎片，抛到阳台下面去了。在想象里，丈夫每撕出一个新的倍数，她的心就痉挛似的收紧一下。当丈夫把信的碎片抛掉时，她也像是被人从高空抛下，抛到不知名的地方去了。她不由得抽了一口凉气，几乎叫了一声。她也许已经叫出来了，只是叫得声音有些细，自己的耳朵没有听见。但她的心听见了，心上的惊呼把她从想象中拉回来，她意识到自己可能把事情想得过于严重了，便摇摇头，嘲笑了自己一下，动手整理被自己弄乱的东西。

丈夫对她总是很热情。丈夫回家，人没进来，声音先进来了。丈夫以广泛流行的亲爱称呼向她问好。这样的称呼，丈夫叫得又轻快又顺口，而她老是不能适应，形不成夫唱妇随。她按自己的习惯，迎到门口接过丈夫的手提包，问了一句你回来了。下面的问话她是脱口而出："你见到那封信了吗？"这句问话，她本打算等就寝后再向丈夫委婉地提出来，但急于知道那封信命运如何的心理，使她有些管不住自己，一张口就问出来了。话一出口，连她自己都有些吃惊，但已收不回来了。

"信？什么信？"丈夫问。

"就是那封信。"

"哪封信？说清楚点。你怎么吞吞吐吐的？出什么事了？"

丈夫眉头微皱，目光变得锐利起来。

李桂常不知怎样指称那封信，说："就是放在柜子抽屉里的那封信。"

丈夫似乎还是不解，双手西方人似的那么一摊说："我怎么知道，什么信不信的？信则有，不信则无，我历来不关心。"丈夫从她手里要过手提包，从里面掏出两本封面十分花哨的杂志，说这是给她新借来的，其中有几篇文章很好看，有一篇是披露某个当红歌星的婚变，还有一篇是介绍娱乐业中的女性，都比信精彩得多。

李桂常接过杂志，说她今天不想看，随手丢在客厅的沙发上。近年来，丈夫隔不几天就给她借回一两本新杂志，这些杂志有妇女、家庭、法制方面的，也有影视、时装和美容方面的，称得上五花八门。丈夫不无得意地向她许诺，不光让她吃得好穿得好，还保证供给她充足的精神食粮。丈夫的用心她领会到了，丈夫是想用这些杂志占住她的心，不让她再看那封信。这些名堂越来越多的杂志她也看，但无论如何也代替不了她看那封信。她说："信就在抽屉里放着，它自己又不会扎翅膀飞走，怎么就不见了呢？"

丈夫说："你把信东掖西藏的，谁能保证你不会记错地方！"丈夫很快地举了一个例子：一个老太太，靠拾废品攒了一卷子钱，觉得放在哪儿都不保险，后来塞进一只旧棉鞋里，结果忘了，把旧棉鞋连同钱当废品卖掉了。丈夫的意思是以此类比，给李桂常指出一个方向，让她往自己身上找原因，不要怀疑别人。

李桂常说得很肯定，说她不可能放错地方，也决不会放错地方，因为她还不是一个老太太。

"那我问你，你最近是哪一天看的信？"

李桂常想说是下雨那天看的信，话到嘴边，想起丈夫说过的不让她看信的话，就有些支吾，说她记不清了，又说她最近没有看信。

丈夫一下子就抓住了支吾的脖子，指出她连哪天看的信都记不清，还谈什么不会记错地方。丈夫给了她一个台阶，说："好了，儿子该放学了，你去接儿子吧。"

李桂常的执拗劲儿上来了，她站在自己的立场上，拒绝踏上丈夫给她的台阶，她说，要是找不到那封信，今天她哪儿也不去。她听见自己声音发颤，眼泪即时涌满了眼眶。

丈夫以为可笑，自己笑了一下。丈夫像哄一个爱掉眼泪的孩子一样拍拍她的背，说她把一封信看得比儿子还重要，这日子没法过了。"这样吧，我来帮你找找。真没办法，谁让我娶了一个把看信当日子过的老婆呢！"丈夫打开柜子门上下瞅瞅，就去拉写字台的抽屉。写字台的抽屉一共有六个，他只拉开了两个，就喊着李桂常的名字，让李桂常过去，"看看，这是不是你的宝贝？"

李桂常走进卧室一看，眼睛里马上放出欣喜的光芒，丈夫手里拿着的正是那封信。奇怪，信怎么会跑到写字台的抽屉里呢？一定是丈夫悄悄把信转移出来的。丈夫大概在做一个试验，看她把信淡忘了没有。她走到丈夫身边，刚要把信接过来，丈夫却倏地一收，把信收回去了，问："你承认不承认是你自己把信放在这里了？"

既然信还存在着，就不必跟丈夫较真了。不过要让她承认自己把信放错了地方，也很难。她说："给我，给我！"撒娇似的扑在丈夫身上，把信要过来了。她把信封上写着的她的名字看了一眼，就把信装进口袋里去了。她的手在口袋外面按着那封信，像是怕失而复得的信再不翼而飞似的。

她出门去接儿子时，丈夫喊住了她，表情严肃地对她说："我希望不要让我的儿子看见你的信，不然的话，你不好解释，我也不好解释。我要让我的儿子保持纯洁的心灵！"

李桂常不能同意丈夫的说法，她觉得她的信纯洁得很，比血液都纯洁。但她没有说话，就下楼去了。她的手一直没有离开装信的口袋，像捂着一只小鸟，并能感到"小鸟"心脏的跳动。她有心把信掏出来看一看，想到丈夫有可能会在阳台上观察她，就克制着没有掏。她抬头往阳台上一望，见丈夫果然居高临下地在上面站着，正小着她的心。

晚上，他们看的是一部有关新生活的长篇电视连续剧，剧中的男主角只有一个，女的却是一些变体。不管剧中人的生活怎么变化，主要场景都是在床上，主要生活都是在电视里看电视。李桂常不让儿子看这样的电视剧，儿子一写完作业，她就让儿子在自己的小屋里睡了。她和丈夫也没好好看。她一边看一边给儿子织毛衣。丈夫则接了好几个电话。丈夫在矿上当着一个科的科长，他的电话总是不少。二人躺下后，丈夫把信的问题又在床上提出来了，他问李桂常，准备把信保存到什么时候。李桂常说她也不知道。丈夫不说话了，心情很沉闷的样子。李桂常晃晃丈夫，丈夫也不动声色。李桂常解释说，信上没写什么，挺干净的，建议丈夫把信看一看。说着她下床去了，把信从口袋里拿出来递给丈夫。丈夫把信推开了，说他不看，他不屑于看。丈夫推得有些不耐烦，由信累及到人，把李桂常也推开了。对丈夫这样的动作，李桂常不大好接受。对丈夫的说法，她也不能同意。李桂常也不说话了，她把信放回口袋，躺进自己被窝里，拉被子蒙上头。两口子僵持了一会儿，丈夫反而耐不住了，自言自语似的说开了话。丈夫的口气还是不软，他说那封信写得不怎么样，一个新鲜的词儿都没有，有的地方连语法儿都不通，顶多是初中一年级的水平。

李桂常明白丈夫是把话说给她听的，但她听着每一句话都不好听。还说不屑于看，原来背地里看过了，什么人哪！

丈夫还在说。丈夫说就这样的信，他一天能写十封，问李桂常信不信。

李桂常这次不答理丈夫不行了，她说："你写呀，谁不让你写！"

"信是距离的产物，咱俩成天在一块儿，我怎么给你写！"

"你又不是没出过差，你出差的时候可以写嘛。"

"好，我下次出差一定给你写信。咱先说好了，看了我的信，你不要太感动。你要是一哭鼻子，儿子不明白，还以为出了什么事呢！"丈夫缓和气氛似的笑了。

"感动不感动是我自己的事，你以为我那么容易感动呀。"

丈夫提出了一个交换条件，他要是给李桂常写一封感情充沛的长信，李桂常是不是就可以放弃保存那封信，变成保存他的信。

李桂常犹豫了一会儿才说，那要看你的信写得好不好。

"好，一言为定！"丈夫向她伸出一只手。工作上都是这样，既然达成了协议，就要把手握一握。

李桂常把手伸出来了，却没让丈夫握到，只在丈夫手上做游戏似的拍了一下。

丈夫当然不会就此罢休……

过了几天，丈夫真的出差去了。丈夫这次出差的地方相当远，是南方一座新起的暴发的城市。丈夫是坐飞机从天上去的。李桂常想，丈夫这次大概要给她写信了。在此之前，丈夫从没有给她写过信。丈夫学问不小，口才也好，在会上讲话一套一套的。丈夫还很会说笑话，常常能把不爱笑的人逗笑。为此有的女同事还羡慕她，说她丈夫是个幽默的男人。这样的丈夫，写起信来应当不会错。丈夫刚走不几天，她就开始等丈夫的信。他们这里的家属楼没有门牌号码，信不能直接送到家里。所有外面来的信件都是一总放在矿上收发室，由收发室分送到各单位。李桂常的单位是采煤队单身矿工宿舍楼。这种宿舍楼是旅馆化的，所以李桂常的工作跟旅馆里的服务员一样，每天为单身矿工打水扫地，整理房间等。要是丈夫来了信，采煤队队部的人会很快把信交到她手里。等到第七天还没收到丈夫的信，她就有些着急，思念起丈夫在家的种种好处。她得承认，丈夫对她是很好的。丈夫是个细心周到的人，很会体贴爱惜女人。说得不好听一点，丈夫是懂得怎样滋养女人，不惜钱，也不惜话，在她需要什么的时候，丈夫就及时给她什么，千方百计达到她的满意。他们也有发生摩擦的时候，丈夫从来不过火，不走极端。眼看要走极端了，丈夫就退回去了，对她作出让步。丈夫的年龄是比她大一些，但一个男人对女人的怜惜之心是天生的，跟年龄大小没有多大关系。丈夫也没打电话来。她想到了丈夫大概在有意闸蓄自己的感情，待感情蓄满了，写起信来感情才会汹涌而至。

迟迟等不到丈夫的信，李桂常只好把她保存的那封信拿出来看一看。信是一位年轻矿工写给她的。年轻矿工与她同村，彼此之间比较熟悉。媒人把她介绍给年轻矿工，一开始她不是很乐意。年轻矿工家里只有两间草房，条件差了些。犹豫之际，她收到了年轻矿工从矿上给她写的这封长信。读了信，她就同意嫁给年轻矿工了。可以说，是这封信促成了她和年轻矿工的婚姻，信是她和年轻矿工成为夫妻的决定性因素。然而，她和年轻矿工结婚还不到两个月，作为年轻矿工的新娘，她住在矿上的临时家属房里还未及回老家，一场突如其来的井下瓦斯爆炸事故，就夺去了年轻矿工的生命。她哭得昏过去三次，医生把她抢救过来三次。他们还没有子女，矿上按规定让她顶替年轻矿工当了工人。年轻矿工没有给她留下什么，留下的只有这封信。她觉得这就够了，这封信就是年轻矿工那永远勃勃跳动的心哪！

秋往深里走，夜静下来了，淡淡的月光洒在阳台上。李桂常拧亮台灯，把身子坐正，在橘黄色柔和的灯光下，轻轻地展开了那封看似平常的信。信是用方格纸写成的，一个字占一个格，每个字都不出格。由于保存的时间久了，纸面的色素变得有些沉着，纸张也有些发干发脆，稍微一动就发出风吹秋叶似的声响。好比一个多愁善感之人，时间并不能改变其性格，随着人的感情越来越脆弱，心就更加敏感。信的折痕处已经变薄，并有些透亮，使得字迹在透亮处浮现出来，总算没有折断。李桂常不愿在信上造成新的折痕。每次看完信，她都遵循着年轻矿工当初叠信时的顺序，把信一丝不苟地按原样叠好。久而久之，信的折痕就明显了。钢笔的笔迹还是黑蓝色，仔细看去，字的边缘微微露出一点绛紫。只有个别字句有些模糊，像是被泪滴洇湿过。就是这样一封经年累月的信，她刚看了几行，像是有只温柔的手把她轻轻一牵，她就走进信的情景里去了。她走得慢慢的，每一处都不停下来，每一处都看到了。不知从什么时候，牵引她的手就松开了，退隐了，一切由她自己领略。走着走着，她就走神了。信上忆的是家乡的美好，念的是故乡之情。以这个思路为引子，她不知不觉就回到与写信人共有的故乡去了。一忽儿是遍地金黄的油菜花，紫燕在花地上空掠来掠去。一忽儿是向远处伸展的河堤，河堤尽头是茫茫无际的地平线，一轮红日正从地平线上升起。一晃是暴雨成灾，白水浸溢。一晃又变成漫天大雪，茅屋草舍组成的村庄被盈尺的积雪覆盖得寂静无声……这些景象信上并没有写到，可李桂常通过信看到了。或者说，信上写到的少，李桂常看到的多，信上写的是具体的，李桂常看到的是混沌的，信上写到的是有限，李桂常看到的是无限。可是，如果没有这封信，她的幻觉就不能启动，她什么都看不到。仿佛这封信是一种可以飞翔的载体，有了它的接引和承载，李桂常的心魂才能走出身体的躯壳，才能超越尘世，自由升华。

当李桂常意识到自己走神了，就不再看信，想让神走得更远些。然而她的眼睛一离开信，就像梦醒一样，顿时回到现实世界。她眨眨眼，看看阳台上似水的月光，只好接着看信。不一会儿，她就在信里看到了她自己，看到了她的身影，她的微笑，似乎还听到了她说话的声音。她不记得自己说过如此意味深长的话，可那分明是她的语气。那当是她的少女时代，抑或是已长成一个大姑娘了。她有时在田间劳动，有时在千年古镇上赶庙会，还有时站在河边眺望远方。不管她在哪里出现，似乎都有一双羞怯的眼睛追寻着她。于是她躲避。她越走越快，甚至在春天的河坡里奔跑起来。她觉得已经跑得很远了，就停下来拐起胳膊擦擦额头上的汗，整理鬓角被风吹乱的头发。也就是擦汗和整理头发的工夫，她一回眸，发现那不舍的目光又追寻过来。在这种情况下，她反而镇静下来了，开始在自己身上找原因，看看自己究竟有什么值得人家如此追寻。找原因的结果，她热泪潸然了。在读到这封信之前，她从没看到过自己。她虽然用镜子照过自己，但那不算看到自己，因为镜子里的她太真了，跟自己本身没什么两样。而在信里看到的自己就不一样了，这虽然也是一种折射，却是从另一个人的心镜里折射出来的。心镜的折射不像玻璃镜的折射那样毫发毕现，它是勾勒的，写意的，甚至有一些模糊。可李桂常更喜欢看到这样的自己。这样的自己和本来的自己像是拉开了距离，给人一种陌生感、塑造感和重铸感，因而更具有真实感。她愿意把这样的自己作为美好善良的人生目标，一辈子都渴望追求与目标的重合。

是的，信里没有什么新鲜的词句，一切都平平常常，平常得跟秋天的田野一样。然而信里从始至终萦绕着一种调子。这种调子不是用言语所能表达，说它沉郁、忧伤、旷古或者悠长，都有那么一点，但都不能完全达意。如果用某种号子或某种曲子与之作比，也许能接近一些。在辽阔的原野，暮归的耕牛对小牛的呼唤；在晚风中，一个孤独者的歌唱；在春夜，细雨不断打在陈年柴草垛上的声音，等等，其中的韵味和信里的调子都有相通的地方。对了，那种自然质朴的调子更像弥漫在秋天田野里的一层薄雾，它轻轻的，柔柔的，却饱含水汽，睫毛一沾到它，睫毛就湿了。"薄雾"多少有点影响人的视线，眼睛不能望远。正是因为眼睛不能望远，心上的眼睛才发挥了作用，才看得更远，远到令人怆然的地方去。

还有任何人不可代替的写信者的手迹。李桂常不认为信上的字写得很好，也不认为不好，无意对字体的外观作出评价。她看重的是字的手写性质。李桂常见过一个词，叫见信如面。以前她对这个词不大过心，以为不过是一种客套的说法。自从得了这封信，自从写信的人永远离去，再拿起这封信时，她心中轰然如撞，才突然明白词里所包含的千般离情，万般欣慰。如同人与人的面貌不可能完全一样，每个人的字迹也只能是个人化的，举世无双的。一个人写的字，仿佛就是这个人身上分离出来的细胞，人与字之间天生有着不可更改的血缘关系。青年矿工的字体是内向的，看上去有些拘谨，还有那么一点自卑。同时又是温和的，守规矩的，与世无争的。反正李桂常只要一看到信上的字，就像是看见了青年矿工写字的手，继而看见了青年矿工略嫌瘦弱的身体和无声的微笑。直到信看完了，青年矿工还与她执手相望似的，久久不愿离去。

第九天，丈夫从南方城市来了电话，问她怎样，儿子怎样。李桂常说，她和儿子都挺好的。丈夫说，再过一两天，他就回矿上了。李桂常还记挂着丈夫答应给她写信的事，问："你给我写信了吗？"

丈夫道了对不起，说他本来打算写信来着，只是太忙了，每天都要喝酒，中午喝，晚上还喝，喝得头昏脑涨，烦死人了。因为是求人家办事，请人家喝酒，自己不喝还不行，真没办法。丈夫还说，不光请人家喝酒，还要请人家干别的。有些事情等回家再跟她细说。

李桂常不再提写信的事，说："那你就赶快回来吧，你儿子都想你了。"

丈夫给她带回不少东西，有穿的，有戴的，还有往脸上抹的。每拿出一样，丈夫都问她喜欢吗。她说喜欢。丈夫说，等下次出差，他一定给她写信，让她好好看看他的文采。李桂常只是笑笑。她不敢对丈夫写信抱什么希望了。晚间，丈夫问她是不是又看那封信了。这次李桂常没有隐瞒，承认看了。她心里还有一句话：你不给我写信，难道还不许我看看别的信吗！不料丈夫夸奖了她，说她这次表现不错，态度诚实。丈夫接着说了一篇子对信的看法，丈夫说，信作为一种交流信息的形式，其实已经过时了，因为信的传递速度太慢，信息量太少，效率太低。有写信、收信的工夫，一百个电话都打完了。打电话方便快捷，还能听到对方的声音，何乐而不为呢！他劝李桂常多多利用现代通讯工具，不要再保存那封信了。李桂常说：

"这是两码事，二者并不矛盾。"丈夫说她太固执："二者怎么能不矛盾呢，你对信情有独钟，就说明你的感情是怀旧的，思想是保守的。有这样的思想感情，就不容易接受新生事物，就跟不上时代的潮流。问题的关键还不在这里，关键是你的做法在伤害着别人的感情，并有可能危及到家庭生活的安全。"

"你说得太严重了，谁伤害你什么了？"

"你既然问到了，我要是不说出来，就显得不够坦率。你保存着那封信，我精神上一直存在着一种障碍，觉得我们生理上结合了，心理上并没有完全结合。我有时候还产生幻觉，好像柜子里藏着的不是一封信，而是一个人，那个人会随时走出来，插足我们的夫妻生活。"

李桂常向锁着的柜子看了一眼，说："那都是你自己瞎想的。"

"存在决定意识，要是那封信不存在，我就不会瞎想。我看你还是把信处理掉算了。"

"怎么处理？"

"我相信你会有办法。"

"我没办法！"

丈夫不高兴了："说白了我看你是旧情难忘！"

"什么叫旧情难忘？我怎么旧情难忘了？写信的人都死了，难道连一封信都不能留吗！"说到写信的人死了，李桂常顿觉伤感倍生，眼泪夺眶而出。

和往常一样，一见把李桂常惹急了，丈夫就不说话了。停了一会儿，等李桂常情绪缓解下来才说。他说得静着气，像是生怕再把李桂常惹翻。他以自己做榜样，说他对李桂常爱得一心一意。自从和李桂常结婚后，他连一次老家都没回过，也没给农村老家原来那个离婚不离家的老婆写过信。这都是为李桂常负责，为儿子负责，为家庭的幸福安宁负责。不见李桂常对他的话有什么反应，他就给李桂常出了一个建设性的主意，让李桂常把兴趣转移到集邮上去。没人写信也没关系，可以到邮局买新发行的邮票。反正邮票不会贬值，只会增值。

　　李桂常仍没有说话。她为自己情急之中说出的那句伤感的话伤心伤远了，一时还在那句话里不能走回来。

　　后来，那封信到底还是失去了。一发现信不见了，李桂常马上向丈夫讨要。丈夫笑着，把李桂常稳住，说要给李桂常一个惊喜。李桂常说她不要惊喜，她什么都不要，就要那封信。丈夫对她打保票，说她一定会惊喜的。李桂常耐心等了几天，迟迟不见"惊喜"出现，就失了耐心，立逼着丈夫把信还给她。没办法，丈夫只好向她交底：丈夫把信作为稿子寄给矿工报社了，希望矿工报给予刊登。丈夫说，信一登在报纸上，保存起来就方便了。听丈夫这么一说，李桂常惊是惊了，但没有喜，而是恼了。她脸色煞白，双手发抖，坚决反对把她的信投出去发表。她质问丈夫，有什么权力把属于她个人的信投寄出去，要丈夫马上把信追回来。丈夫大概没想到李桂常会这样厉害，火气也上来了，指责李桂常不知好歹。二人吵得不可开交，动手厮打起来。丈夫一不小心，碰到了大衣柜上的穿衣镜，把穿衣镜碰碎了，露出了后面的木板。镜子一碎，柜子里虚幻的空间就小了，似乎连卧室也变得逼仄起来。玻璃质的穿衣镜破碎时发出的声音有些大，对二人起到一定的镇定作用。丈夫说："你看，碎了吧?"

　　次日，李桂常坐车到矿工报社追要她的信，人家说没收到那样的稿子。

1999 年 11 月 6 日于北京

麦子

建敏是福来酒家的门迎，也叫礼仪小姐。到了营业时间，她早早地站在门口一侧，等待食客的到来。她不必站在门外，只站在门里就行了。酒家的两扇门都是玻璃，一落到底，有人从门外走过，稍一瞥眼，就把透明玻璃后面的建敏看到了。建敏上身穿的是蓝地白花的掐腰中式褂子，下面穿的是黑色长裙，加上从地面到门口起有几级台阶，建敏的身材显得很高挑，为酒家收到了不错的招牌效果。见有人来了，建敏马上拉开门，身体前倾。脸上微微笑着，一只手做出请的动作，您好，谢谢光临！有人用过饭要走，建敏须及时推开门，关照人家走好，说欢迎下次再来。这一套程序化的动作和说词都是老板教给她的，她都记住了，运用起来也不是很难。可老板说，她的胸应该挺起来，笑得也应该自然些。她听得出来，老板对她的表现不是很满意。她两肩后扳，试着把胸挺起来了，只挺了一会儿，不知不觉间又收敛成原来的样子。关于笑得自然些，建敏做起来也比较难，她对自己的笑没法作出判断，哪样儿算自然，哪样儿算不自然呢？在酒家的洗手间里，她对着墙上的那面大镜子笑了一下，又笑了一下，笑着笑着，眼泪就浸出来了。老板还有要求，说建敏要是描描眉，搽上口红，化点淡妆，就更好了。建敏塌下眼皮，不说话了。

老板是建敏的姑姑。前些年，姑姑跟着姑父在北京搞家庭装修。他们搞装修攒下了钱，就租了临界街的房子，开了这家餐馆。刚来时，建敏不愿意当门迎。虽说站在玻璃后面，因玻璃不遮人，跟站在街边也差不多。街上的人过来过去直着眼瞅她，她很不习惯。她又不是摆在服装店门口的塑料模特，让人家瞅来瞅去算什么！姑姑说，我是对你好。有的人酒喝高了，就不讲规矩，我怕你上菜时受不了那个委屈。建敏看看那些端盘子端碗的姑娘，她们果然穿的短裙，大腿露得吓人。过了一段时间建敏才知道了，当门迎是有条件的，对身材、长相、说话的音质都有一定的要求，不是谁想当便能当的。比如一帮女孩子在台上跳舞，其中必定有一个跳得最好，被称为领舞。建敏在这个酒家服务员中的地位就相当于领舞。也有的服务员不是这样说法，她们说建敏长得比较能吸引人的眼球儿。建敏不喜欢这样的说法，要么说眼睛，要么说目光，什么眼球儿不眼球儿的。

建敏的活儿不算重，要的不过是个站功。从上午十点站到晚上十点，她都不能坐，要一直站着。初开始，她觉得自己的腿都站硬了，脚脖子都站粗了，一天下来，双脚沉得像是拖着两坨铁块子。她没有跟任何人说，这点小苦不算什么，她不声不响就吃下去了。把苦吃到一定时候，她的站功就练出来了，腿就不那么硬了。干这个活儿还得长眼色。有些食客走到门口是犹疑的，进与不进像是处在两可之间。建敏得看到这一点，得赶快迎出来，走下台阶，把食客的犹疑变成不再犹疑。只把食客迎进门，建敏的任务就算完成了，别的服务员会把食客像抓接力棒一样接过去，食客或是坐散座，或是进雅间，都由穿短裙的服务员负责。至于把"接力棒"传出多远，伺候到什么样的程度，就看各个服务员的本事了。

饭菜好做客难请，这是流传在建敏老家的一句俗话。以前，建敏对这句话没什么体会，不知道为什么要请客，客有什么难请的。自从在福来酒家当了门迎，她才懂得这句话后面的苦辣酸甜了。这句话应该改一下，叫酒家好开客难迎。建敏现在每天都担心来酒家吃饭的客人太少，担心酒家的客座坐不满。姑姑说的，要是吃饭的客人太少，酒家就不赚钱，就交不起房费、电费、水费、卫生费、绿化费还有营业税等等。如果酒家赔了本，当老板的姑姑拿什么给她们开工资呢！她们拿不到工资，岂不是等于白干了！在福来酒家的错对过儿，唱对台戏似的开着另外一家酒家，透过一街两行的银杏树，建敏一探头就把对面的酒家看到了，那个酒家规模大一些，档级也高一些，人家不是叫酒家，而是叫酒店。也是听姑姑说的，北京的饭店酒店分七八十来个档级，高等人进高级饭店，普通人只能进一般饭店。福来酒家大约能排到八级，撑死了能排到七级。对面的楼上楼下都有雅间并带卡拉 OK 的酒店恐怕能达到六级的标准。建敏注意到了，人家的门迎不是一个，是两个，门两边一边站一个。人家穿的是粉红缎子的旗袍，上面花是花，朵是朵，打眼得很。还有人家那种像是城里人才有的神气，都远非乡下来的建敏所能比。建敏往对面酒店看几眼就不敢看了，每到用餐时间，出入那间酒店的男男女女总是比较多，相比之下，来福来酒家吃饭的人恐怕还不及人家的半数。这让建敏心里不大平衡，甚至有些懊恼。她意识到一个当门迎的责任，双倍的责任。她想，是不是因为自己当门迎当得不好，来这边吃饭的人才这么少。一天晚上，她趁姑姑给供在酒家的财神上完香，把她的想法跟姑姑说出来了。姑姑说，好孩子，你当门迎当得很好。建敏的眼睛一下子就湿了。

门前这条南北街道国庆节前刚翻修过，人行道加宽了，铺了彩砖，酒家门两侧还砌了两个长方形的花池。花池是用釉里红的瓷砖砌成的，里面已填满了新土，只是还没有种花。建敏一抬眼就把花池里的新土看到了，那些土不知从哪里拉来的，黑油油的，绒乎乎的，土质相当不错，种花肯定不成问题。也许季节到了秋天，不是种花的季节，好多天过去了，花池一直空着。须知农家闺女是见不得空垢，花池空着，她心里好像也空着。娘病死后，他们家的地都是由她和爹种，边边角角都种到。像这样两方子地，他们会种上小麦，或是油菜。如果不种小麦和油菜，也会种上大蒜和兰花豆，反正不会让地闲着。建敏问过姑姑，花池里为啥不种花？姑姑说，她给街道办事处交过绿化费了，种花的事归街道上管。建敏又问，街道上是不是等到明年春天才种花？姑姑说，可能吧，不管它。

两边的花池里各有两棵保留下来的高杨树，秋风渐渐凉了，杨树叶子偶尔会落下一片两片。杨树叶子手掌一样大，落在花池里的暄土上瓦楞着，像是轻轻呵护着什么。建敏知道，土里什么都没种，杨树叶子自作多情而已。建敏把池子里的细土用手攥过，土是湿润的，黏性很好，一攥就春蚕一样在手心卧成一条。建敏抓起一把土在鼻子前闻过，苦盈盈，甜丝丝，还有那么一点腥，是她所熟悉的那种味道，一下子就吸到她肺腑里去了。建敏习惯按农时为土地着想，农时不等人，这两方花池难道要空下一秋和一冬吗？花池闲着也是闲着，别人不种，她来种点什么不行吗？这个念头一撞，建敏心里不由得腾腾跳起来，仿佛某样种子已经种下了，并已在她心头发芽，开花。

她打算种的是小麦。

别人家的孩子到远方打工，父母都给孩子包一把家乡的土，建敏的爹为建敏包的却是小麦。爹包的小麦不是一把，而是两捧。爹找了一个塑料袋，把塑料袋放在麦苲子上，往里装了一捧，又装了一捧。爹用麻绳把塑料袋扎了口，外面又包了一块旧手绢。建敏没有阻拦爹，爹想包什么，就让他包什么；爹想包多少，就让他包多少吧。爹给她准备的有一只帆布提包，提包里只放了几件换洗的衣服，反正别的也没什么可装。爹一边把小麦往提包里放，一边对建敏说，这些麦子都是你种出来的，啥时候想家了，你就闻闻这些麦子。建敏只点点头，没有说话，也没有看爹。她眼里的泪不是一包，是两包，两包泪都包得满满的，她要是一开口，眼泪就会掉下来。

　　村里的男孩子女孩子早就开始外出打工了，建敏出来打工算是晚的。前两年，爹说她年龄还小，舍不得放她出去。今年她超过了十八岁，爹说，你想出去就出去吧，我不能把你老拴在家里。建敏对外出打工并不是很积极，她说，我要是出去了，谁帮你种地呢？爹说，那点地我自己种得过来。她又说，那，谁给你和我弟弟做饭呢？爹说，你放心，饿不着我和你弟弟，你一走，我自己就会做了。不是爹撵你出去，爹也知道外面的钱不是好挣的。可你要不出去打工，不光咱家的房子翻盖不成，恐怕连你弟弟上学的学费都成问题。那天一大早，爹送她到镇上搭汽车，弟弟建根睡在床上还没醒。弟弟刚上小学三年级，正是贪玩贪睡的时候。她来到床前，叫着建根，建根，我走了，你跟爹在家里好好的。她叫得声音发颤，建根还是没醒。她把手伸进被窝里，摸了摸弟弟。弟弟的小身子瘦瘦的，脖子里涩拉拉的，上面有不少泥皱儿。她的眼泪再也包不住，呼地流了出来。娘死那年，弟弟才一岁多一点，是她把弟弟拉扯大的。她代替娘的职责，把弟弟管得很严。有一次弟弟没完成老师布置的作业，她抓过弟弟，打得很厉害。弟弟叫着，姐，姐，别打了！她说，你不好好学习，就得打你！她后悔不该那样打弟弟，心疼得差点哭出声来。她对爹说，我走后，你别打我弟弟。爹说，我不打他。好了，走吧。

建敏和酒家的姐妹们没有别的地方住，下了班都是住在酒家，她们把酒家当成了自己的家。有的睡折叠床，有的睡桌子，有的睡在拼起的椅子上。建敏更省事，她在地上铺一张席，睡在地上。有姐妹说，别睡在地上，地上凉。建敏说，没事儿，这样省得翻身时掉在地上。姐妹们都笑了，人已经在地上了，再掉还能往哪里掉呢！趁酒店打烊时，建敏把带来的麦子分出一半，悄悄地往花池的土里撒。她把麦子装在口袋里，装作掏麦子时不小心，麦子自己就撒在土里了。每撒下一小撮，她就马上用脚趄趄，踩踩，把麦子埋住。她的样子很胆怯，生怕人家发现她在种麦子。时间差不多到了半夜，街上静了下来，只是偶尔有一辆小车经过。每开过一辆车，建敏心里就一惊，撒麦的动作就停了下来。当一个骑自行车的人路过时，建敏吓得赶紧从花池里跳出来了，她好像在说，我什么都没干，只是到花池里看看。一个服务员问：建敏，你在外面干什么呢？再不进来，我们就锁门了！建敏说，我看看有没有月亮。这样说着，建敏想起，自从她来到城里，一次也没看见过月亮。她抬头往天上瞅，天上灰蒙蒙的，哪有月亮的影子呢！姐妹们又笑话她了，你当是在老家呢，城里这么多灯，早把月亮给遮住了。

把麦子种在花池里，好像同时种在了建敏的心田里，这一下建敏有心可操了。她明明知道麦子种下后要等五六天才能发芽，可麦子种下的第二天，她就禁不住往麦地里看。这时花池的要领已经淡去，被麦地所代替。她站在左边，看右边的麦地；站在右边，看左边的麦地。看着看着，她的目光就有些发虚，有些走神儿。她走神儿走到老家去了，似乎看到大片大片的麦子已经出齐，并由鹅黄变成了葱绿。回过神儿来她有了一点顾虑，不知道城里的土地适合不适合长麦子，她从老家带来的麦子服不服北京的水土。午后，天下起了小雨，建敏十分欣喜，她觉得老天爷真是顺她的心意呀，她刚把麦子种上，老天爷就下起雨来了。雨下得不是很大，几乎看不见雨点儿。往银杏树上看，才能看见银杏的叶子乱点一气。这让建敏想起一个儿时的游戏，一个孩子伸着手掌，另一个孩子用一根手指头往手掌心里点，一边点一边念，点点豆豆，开花一溜，小狗搬砖，握住老千，老千开门，呼啦一群。念到呼啦一群时，伸着手掌的孩子方可以收拢指头，去握另一个孩子的指头。如果把手指握到了，就算赢了。握不到就重新点点豆豆，再来一遍。眼前的情况像是银杏叶子一直伸着手掌，而雨点伸着小指头纷纷往银杏叶子上点，点点豆豆不知念了多少遍了，银杏叶子一次也握不住雨点的手指头。然而麦子地里的土色儿变深了，由黄黑变成深黑，由深黑变成油黑。大片的杨树叶子把细密的雨点收集起来，收集到足够大时，变成悬胆似的水珠，才从叶尖处坠落下来。水珠在叶尖所指定的地点边缘坠落，地上就砸出一个个小坑。小坑土变细，泥变稀，呈现出灰白的水光。有了这场难得的好雨，小麦不发芽无论如何也说不过去。

小麦没让建敏失望，几天后的一个早上，建敏开门一看，小麦发芽了。小麦像是听到了口令，说发芽，都发芽，说立正，都立正。小麦刚钻的芽是鹅黄的，真嫩哪，嫩得让人舍不得碰。而那些芽又是针形的，颇具锋芒的样子，像是不许人们碰，谁碰就扎谁一下子。建敏有些感动，她差点喊一声，快来看哪，小麦发芽了！她没有喊，这还是她的秘密，已经发芽的秘密。一个服务员发现了麦芽，哟了一声对建敏说，我看着花池子里发出来的怎么像麦芽子呢！建敏笑了笑，没说是麦芽子，也没说不是麦芽子。姑姑一眼就把麦芽子认准了，她问，这是谁种的麦子？服务员们一时有些害怕，都不敢承认。姑姑看着建敏，问是不是她种的。建敏的脸很红，不承认是不行了，她说，是我种的。她以为姑姑会吵她，不料姑姑说，花池子空着也是空着，种点麦子挺好的。麦苗子不怕冻，一冬都是绿的，我就喜欢看麦苗子。你种得有点稀，再种稠点就好了。

针形的麦芽很快展开了，一个叶变成两个叶，两个叶变成四个叶。好比一卷子画，一打开就漂亮了，一卷变成多幅，鹅黄变成葱绿。可在建敏看来，再好的画也比不上她的麦苗，风一吹，麦苗的头发就飞扬起来，就会跳舞。画上的东西会跳舞吗？她的麦苗还会长高，出穗，画上的东西会出穗吗？一对老人在街上散步，他们看见麦苗停下了。老太太说，快看，麦苗儿！老太太高兴得像个孩子似的。老爷子摘下眼镜低头一瞅，说不错，真是麦苗儿。老太太说，好玩儿，花池里怎么会长出麦苗儿呢？老爷子说，这有什么奇怪的，肯定是有人在花池里种了麦子。老太太说，依我看麦苗比花儿还好看呢！老爷子说，农民意识。两个老人的对话建敏都听见了，她禁不住想乐。一个像是当爸爸的，看见麦苗也不走了，对身边的女儿说，这是麦苗儿，可不是草，你要认准喽。女儿只看了一下，似乎对麦苗儿不大感兴趣。爸爸说，咱们吃的面包面条，还有馒头，都是麦子做的。女儿的问题来了，咱们吃的面条是白的，麦子怎么是绿的呢？爸爸笑了，说我的傻闺女，这是麦苗，麦苗还要拔高，抽穗，扬花儿，结籽儿，把籽磨成面，才能做成我们吃的东西。女儿长啊了一声，表示知道了。这父女俩说的话更好玩儿，建敏再也绷不住嘴，粲然笑了出来。建敏的牙又细又白，闪着瓷光，平常不笑的时候都像在笑，一笑就显得光芒四射。此后，建敏发现每天都有人注意她的麦子，有人对着麦苗能瞅好一会儿，还有人在麦苗前照相。建敏心说，这是我种的麦子，你们看吧。她对每一个人都很欢迎，从中得到相当的乐趣和满足。

姑姑说，建敏，你现在笑得比以前自然了。

建敏说，是吗？我也不知道。

也有人对麦子不喜欢。一天，街道上的一个干部把酒家门前的麦子看到了，大声问，怎么搞的，这是谁种的麦子？

建敏吓得不敢说话。姑姑笑着迎出来了，请干部进酒家喝茶。干部不喝茶，还问麦子是谁种的。姑姑没说是谁种的，只说，这两片绿，不是挺好看的嘛！干部说，好看什么，北京城里怎么能种麦子呢！你当是你们老家门前的自留地呢，想种什么种什么。种麦子影响首都的市容环境，你知道不知道？你马上把麦子给我拔掉！姑姑说，我也不知道是谁种的。干部说，你帮我打听一下是谁种的，让他马上拔掉，一棵不剩。姑姑说，帮你打听一下可以，让人家拔掉，我可没那个权力。

干部走后，建敏看着姑姑，意思问怎么办。姑姑说，要拔他自己拔，我们才不管呢！又不是我们种的，凭什么让我们拔！我最不爱听他老拿北京吓唬人，怎么，北京人就不吃粮食了？

秋风凉了，银杏树的叶子很快变黄。建敏不明白银杏的叶子为何黄得这样快，前两天还是绿的，还有上岁数的人在树下捡拾银杏白色的果实，转眼之间，满树的叶子说黄就黄了。银杏叶子的黄是一种明黄，叶面像上了一层黄釉，太阳一照，闪闪发光。又好像叶片把太阳的能量和光芒储存下来了，使树上的叶子变成了无数个金黄的太阳。建敏不愿意让银杏的叶子下落，希望叶子能在树上保留得时间长一些。然而冷空气来了，大风刮了一夜，建敏早上开门一看，"太阳"落了一地，层层叠叠，连门口的台阶都盖严了。建敏呀了一声，几乎不敢出门，像是怕踩坏了满地的"太阳"。她往两边的麦地里看了看，麦地里也落满了银杏叶。有麦苗顶着，银杏叶不能完全平铺，有的落在麦苗根部，有的在麦叶上搭着。麦苗似乎也看见每天都关注它们的建敏了，它们仿佛纷纷推着树叶向建敏招手，说建敏姐姐，我们在这里呢！麦苗地里落进黄叶，这是又一种黄绿分明的景象。把目光看散了，还以为是草地里开满了黄花呢！可惜建敏不会画画，也没有照相机，她要是能把这好看的景象画下来或照下来就好了。穿着橙色马甲的清洁工过来了，他们把街道上的落叶扫成一堆一堆不算完，还跳进花池，把麦子地里的落叶也扫了下来。建敏不想让清洁工扫麦子地里的落叶，不愿看到清洁工踩她的麦苗，见清洁工的大脚在麦苗上踩来踩去，她心疼得几乎想对清洁工说别扫了。她到底没说出口。还是因为她胆怯，麦苗一样胆怯。麦子种在人家的地方，她不敢承认麦子是她种的，就无法保护那些麦苗。

下雪了。这是入冬后的第一场雪，一上来就下得很大，大地一片白。两片麦地的积雪有半尺多厚，不用说，麦苗都被白雪覆盖住了。建敏知道，麦子是很喜欢下雪的，在他们老家，有麦盖三层被头枕白馍睡之说。可建敏每天看麦苗看习惯了，一旦看不到麦苗，她心里稍稍有些着急。她走下台阶，一手往上拉着袖口，一手把积雪拨开了，一棵麦苗露了出来，在晶莹的白雪中，麦苗显得碧鲜碧鲜。然而她似乎听见麦苗在说，我睡得好好的，你把我的被子拉开干什么！建敏说，对不起，对不起，我把被子重新给你盖好。她把拨开的雪拨回原处，并从别处又捧来一捧雪，等于给那棵麦苗多加盖了一层被子。

酒家门前这条街道不是商业大街，并不很繁华，但商务大厦还是有的。除了矗立在街北口的商务大厦，还有宾馆、小型超市、音像制品商店、茶艺馆、杂志社、装饰公司、歌厅、国家某个矿业部门的信访接待处、报刊亭等等。那些地方，建敏只到小型超市去过，在里面买过一点日常用品。别的地方她连多看一眼都不敢看。离福来酒家最近的是那个信访接待处，建敏每天都看见一些远道而来的矿山人，站在铁门外面，等候开门。他们的穿戴都不好，个个都是愁眉苦脸，一看就是进京告状的。他们有的少了胳膊，有的少了腿，有的娘领着儿子，有的是爷爷领着孙子。还有一次来了一大帮妇女，她们一到门口就集体痛哭。建敏听出来了，原来她们的男人都在一次事故中死了，她们在为男人而哭。建敏最不敢看的是那家歌厅。歌厅白天不是很显眼，一到晚上就热闹了。歌厅门口扎了灯棚，数不尽的彩灯乱闪一气，把人的眼都晃晕了。透过歌厅的大玻璃门，可见一个摆满各种酒瓶的大吧台，吧台外面是一溜可旋转的高脚凳子，凳子上坐的几乎都是年轻女郎。那些女郎都化了浓妆，穿着短裙，面目都很妖冶。她们不是朝着吧台抽烟，喝酒，而是一律脸朝外面，满怀期待。见有客人进来，她们才赶紧迎上去了。还有的女郎干脆到门外的灯棚下面去了，只要有男人走过，她们就热情相邀，叫着老板或大哥，请到里面潇洒一下。按自己的理解，建敏认为歌厅不是好地方，不是干净地方，好像多看一眼就会脏了自己的眼似的。她对歌厅还有一种说不出的恐惧感，好像那里蹲着一只狼，稍不警惕，她就会被狼吃掉。

他们村有一个闺女，外出打工挣了不少钱。爹用闺女挣的钱盖了楼房，闺女还掏钱给弟弟买了运货的汽车。闺女每次回家，都是戴着金戒指，金耳环，说话都是用手机。村里人都说，一个闺女家外出打工，哪会挣那么多钱，除非那个闺女干的是不正当的事，挣的是不干净的钱。以前建敏想象不出，同村的闺女是在什么样的地方挣钱。现在建敏把那个闺女和这个歌厅联系起来了，她甚至认为，那个闺女也许就在这个歌厅里，她避免往歌厅那边看，也有避免看见那个闺女的意思。倘是万一与那个闺女碰了面，那闺女不嫌丢人，她还嫌丢人呢！

到这个酒家打工之前，建敏外出打工的机会是有的，有人约她到广州的一个厂子检验灯泡，还有人约她到温州的一个厂子做服装，爹都替她把人家回绝了。检验灯泡，爹说怕伤了建敏的眼睛。做服装，爹说建敏不会。建敏明白，不让她跟着一个可靠的人出去，爹不放心。姑姑开了酒家，姑姑说，让建敏跟着我去干吧。姑姑一说，爹就答应了。建敏临走，爹干咳了好几声才说，建敏，爹得跟你说句话。建敏见爹的脸色有些吓人，知道爹要说什么。爹说，钱，挣多挣少都没啥，只要你平平安安的，就算对得起你娘了！

过春节时，酒家照常营业，建敏没有回家。建敏给爹写了信，报了平安，还寄了钱。爹把电话打到酒家来了，建敏一听是爹的声音，就哽咽得几乎说不成话。爹问，建敏，你怎么了？建敏脸上使劲笑着，眼角还是有眼泪流下来，她说，爹，我挺好的，您身体好吗？爹说我身体很好。我弟弟建根呢？学习用功吗？提起弟弟，建敏喉头又哽咽了好几下。爹说，建根懂事了，学习知道用功了。建敏想跟爹说说麦子的事，爹说好了，就这吧，把电话挂了。

麦苗还存在着。过了春分到清明，麦子起身了，并开始拔节。只是麦子显得瘦一些，发棵发得也不多。要是在老家，建敏会给麦子上一些化肥，浇两遍水。这里没有化肥，也没法浇水。她在心里对麦子说，对不起，实在是委屈你们了。她梦见麦子长得很好，面积也很大，一片绿汪汪的。除了麦子，还有油菜。油菜已开花了，东黄一块，西黄一块。建敏不记得自己种了油菜，怎么会开出这么多油菜花儿呢？建敏仔细看了看，油菜花的花瓣落了一地，还落在油菜叶子上，把叶子都染黄了。看来真是油菜，这是怎么回事呢？难道麦子里也有油菜的种子？醒来后建敏觉得有些可笑，原来她把北京的麦地梦成老家的麦地了。

没办法，麦子后来还是被人拔掉了，没等出穗扬花就拔掉了。那帮人大概是城市绿化队的，他们自专得很，不由分说，跳进花池，像拔草一样就把麦苗连根拔掉了。他们接着用铁锹把土刨开，却没栽什么花，栽的是一丛一丛的草。

种草就一定比种麦子好吗？建敏眼睁睁地看着人家把她种的麦子拔掉，眼睁睁地看着人家栽草，她无话可说。

2004 年 4 月 13 日至 25 日于北京

黄花绣

二月二，龙抬头。不用说，龙也是要冬眠的。它一抬头，表明它伸过了懒腰，睁开了眼睛，睡醒了。龙一醒过来，就该它值班了。在严寒的冬季，不知道哪位在值班，或许压根儿就没有值班的，天老是下雪，下雪。龙开始上岗值班之后，一个显著的标志，就是天不再下雪了，改成下雨。可这年不知怎么回事，二月二都过去了三四天，空中又扑扑闪闪飘起雪来。没有人敢怨龙，老虎也有打盹的时候，龙也有可能睡过一点头，雪想下就下吧。

　　这时候的雪不再是冬雪，叫春雪。因天气暖和，春雪的雪朵子大约有所膨胀，显得格外的大，大得像桃花的花瓣子一样。是的呢，这时的雪也叫桃花雪。一来是，桃花子开，雪花子也开，天花地花竞相开；二来是，大朵的雪花子平平仄仄地落下来，人们看得有些恍惚，一时分不清哪是桃花儿，哪是雪花儿。也是因为地气上升，空气中的湿度增加，使雪花中含有较多的水分。水分足的雪花见不得水，容易化。它落在水塘里，化掉了；它落在压井旁盛了半盆子水的大塑料盆里，挣扎着漂了一下，化掉了；它落在小男孩儿在墙角留下的一片湿尿印子上，以为能保存下来，结果也未能改变被同化掉的命运。水分足的雪花还有一个特点，黏性大，吸附力强，遇谁粘谁，粘谁就跟谁走。它粘在人的头上，狗的背上，鸡的翅膀尖上，人狗鸡走到哪里，它就出现在哪里。同时，凡是干爽的地方，雪反而容易积攒下来。雪落在房坡上，攒下了；雪落在柴草垛上，一点一点把草毛缨子压低，攒下了；雪落在一扇废弃的石磨上，硌得打了一个哆嗦，以为情况不妙，结果也是一朵复一朵、一层覆一层地攒下了。

那扇磨是格明家的，被格明的爹扔在他们家屋后的坑沿上。他们这里的规矩就是这样，只要是用石头制成的大东西，不管是石碌、石槽、石碓窑儿，还是石磨，只要残了，或是不用了，都要移到外面去，万万不可放在家宅里。由来已久的说法是，大石头代表着山，宅子里放着一座山，就会把家里的好运气给镇压住。他们这里还有一种说法，块块石头都有灵气，如果不小心将鼻血指血抹在石头上，石头受到点化，就会悄悄变成精怪。想想看，院子里日夜卧着一个精怪，白天不动声色，夜晚到处活动，那是多么骇人！格明站在屋角一处背雪的地方，若有若无地看着那扇雪中的石磨。石磨不知经过了多少风霜雨雪，却一点都不退色，过去是红褐色，现在还是红褐色。一盘石磨应该有两扇，上扇和下扇。上扇有洞没有轴，下扇有轴没有洞。扔在坑沿边斜坡的是带洞的上扇，不知下扇被丢弃到哪里去了。磨扇上的雪越落越厚，仿佛坚硬的石头渐渐变软。蓬松的积雪在石磨周边支乍开来，又仿佛将石磨变成了一枝超大的矮脚蘑菇。格明突然来了兴趣，目光突然集中起来，是注意到了磨扇中央的那个洞。她想看看落雪能不能把洞子填满？把洞口封住？封住洞口需要多长时间？反正格明有的是时间，好天好地没活干，下雪天更没活干，不看雪封磨洞干什么呢！格明把整个过程都看见了，落雪不是把洞子填满，一点一点打好基础才鼓起来，而是一朵一朵附着在洞口的内沿往中间砌，砌得极有耐心。那样子很像银色的蜜蜂在结蜂团，一只银蜂落下来，另一只银蜂爬在它背上。银蜂越团结越多，就在中间扯上了手，实现了合缝。刚合缝时，格明担心砌在空洞上的雪会塌陷下去。她手捂胸口，甚至做好了目睹轰然塌陷的准备。然而塌陷的情况没有出现，雪片子茨茨飞来，很快就把洞口的合缝处掩盖住了，掩盖得一点痕迹都没有。待格明抬起头来，往护村坑外边的远处看，见地也白，坟也白，天也白，鸟也白，一切都是白茫茫的。

格明回到家，双手正在一只竹篮子里剥玉米的娘停下动作，问格明到哪里去了。格明塌着眼说：哪儿都没去。娘说：哪儿都没去，怎么出去这么长时间？还说哪儿都没去，看看你身上的雪。格明尽管站在屋角背雪处，外侧的肩头还是落了一层雪。她扭脸看看，用手一拨拉，雪就掉在地上一块，摔碎了。她想跟娘说，她到屋后看下雪去了，知道说了娘也不信，还不如不说。不知道从什么时候起，娘对她的话总是不大相信，她说去豆子地，娘怀疑她去了玉米地；她说去摘茄子，娘问她摘的倭瓜在哪里。这样一来，娘一问她话，她不知不觉就有些皱眉。她到西间屋去了，打算躺到床上睡一会儿。娘睡东间屋，她睡西间屋。爹外出打工，她还有一个正在上小学的弟弟，弟弟跟娘睡一间屋。娘的问话还没完，问格明是不是到长平家看电视去了？嗐，东扯葫芦西扯瓢，这个问题更没有回答的必要。格明不说话，娘也得教训她，娘说：一个小闺女儿家，得有小闺女儿的样子。没事儿好好在家里待着，东家跑，西家跑，像什么样子！娘的话格明越来越不爱听，她不知道小闺女儿应该是个什么样子。

庆婶子打着一把黑伞到格明家来了，推开院门就问格明在不在家。格明的娘说在呢，让庆婶子快进屋歇歇。庆婶子往堂屋门口走了几步，却没有收伞，没有进屋，只说：我不进去了，让格明跟我走吧。庆婶子脚上穿的是皮鞋，皮鞋外面包着两只蓝色透明的塑料袋，院子里的积雪把庆婶子包了塑料袋的两只脚都抱住了。什么事儿呢？这么急！格明的娘问。庆婶子抱歉似的笑了一下说：你看我，一着急话都说不囫囵了。三大娘快不中了，她的两个闺女都来了，正给三大娘套被子套褥子。叫格明去，是让格明为给三大娘送终的鞋上绣花儿。格明的娘有些吃惊，丢开正剥的玉米站了起来说：过年时我去给三大娘拜年，三大娘还给我抓花生吃，说话还响响亮亮的，这么快就不中了吗？庆婶子说：人是一片树叶子，老天爷是一阵风，一阵风刮到谁了，谁说不中就不中。格明呢？格明的娘对西间屋喊：格明，格明，睡着了吗？醒醒。不听格明答应，格明的娘又说：格明这妮子手笨得像猪脚一样，连个棒槌都不会拿，她哪里会绣什么花儿呀！你别看格明长了个傻大个子，她连虚岁还不到十四呢！庆婶子说：不到十四岁正好，绣花儿的事儿找的就是童女儿，超过十六岁就不用了，咱这儿的规矩你又不是不懂。格明的娘不能让别人认为她不懂规矩，她连忙说我懂我懂。她不仅懂得给将要远行的老奶奶鞋上绣花儿要用童女儿，还懂得这事儿有点神圣的意思，指到谁就是谁，不许有半点推辞。推辞是不敬的，也是犯忌的。她到西间屋去了，站在床前喊格明起来。她没有像以前那样，喊格明起床总是没好气，总是嫌格明懒，格明倘起来稍慢一点，她一把就把格明身上的被子扯开。这次她对格明的态度有所改变。既然这么重要的事情落到了女儿身上，连她都不能代替女儿，说明女儿不是一点儿用处都没有。既然要做的事情近乎受神的指使，表明神灵看得起她的女儿，并和女儿有了某种联系。是了是了，以后她和女儿说话得收着点儿，再也不能粗声恶气了。她轻声说：明明，你三奶奶快不中了，你庆婶子让你去给你三奶奶的鞋上绣花儿。你庆婶子在雪地里等你一会儿了，你起来跟她去吧。你三奶奶对你不赖，你一定要好好绣，才对得起你三奶奶。

　　格明并没有睡着，庆婶子和娘说的每一句话她都听见了。他们这里说一个人好坏或死活，都是用"怪中"、"不中"，或"不中了"、"还中着哩"这样的话。庆婶子说三奶奶快不中了，就是说三奶奶快死了。那么她往三奶奶的鞋上绣花儿，就是给一个将死的人鞋上绣花儿。等她把花儿绣好，把鞋做成，三奶奶就彻底不中了，被家人抬到停尸箔上，或安放到早已预备下的棺材里，才能穿上新的绣花儿鞋。死去的人算什么呢，只能算是鬼。给死去的人穿花鞋，就不是给人穿花鞋，而是鬼穿花鞋。格明仿佛看见了，鬼的两条腿细得像麻秆，鬼的两只脚小得像毛豆角，两只花鞋在鬼脚上哐哩哐当，鬼跳来跳去，却很活跃。眼看鬼跳得离她越来越近，好像要拉她一块儿跳，她不由得打了一个寒噤，身上哆嗦起来。格明不能明白，现在的人都不穿花鞋了，连穿布鞋的人都很少，都是穿皮鞋、胶鞋、塑料鞋，三奶奶的子女为何要给三奶奶穿一双花鞋呢！难道阴间的人跟古时候的人一样，女人家还都是穿绣花鞋，不穿绣花鞋就入不了群！让格明深感为难的是，长这么大，她从来没捏过绣花针，不知绣花针多轻多重，是横拿还是竖拿。娘呢，让她放过羊，喂过猪，掰过玉米，扒过红薯，从来没教她绣过花儿。冷不丁地让她去绣花儿，这不是要她出丑嘛！听娘喊她的声音不似往日，知道不起来是躲不过的，她还是从床上起来了。她用手揉着眼睛，装作刚才真的睡着了。但她身上的哆嗦还是被娘看出来了，娘问她：你这孩子冷吗？冷就穿厚点儿。格明说不冷，摇了摇头。摇过头之后，她的哆嗦减轻一些。娘找出自己的一双深腰胶靴，让她换上。娘说雪下深了，穿上深腰胶靴就不会往里面灌雪。娘还从箱子里拿出一把折叠伞，把伞上的扣解开，把伞撑圆，给格明打。往年的下雪天，娘从不允许她打伞。娘说过，雨湿衣裳，雪不湿衣裳，下雪天不用打伞。娘今天是怎么了，怎么像换了一个娘一样呢！

雪下得还是不小，庆婶子伞面上的落雪恐怕有一指厚。庆婶子把伞旋转一下，伞面上松散的落雪便飞散开来。格明来到雪地里，没有马上跟庆婶子走，她说：我没有绣过花儿，一点都不会绣。庆婶子说：不会绣不要紧，一教就会了。人不管做啥事，都是先有第一回。有了第一回，才会有第二回。没有第一回，就不会有第二回。格明点点头，表示明白了。格明毕竟不懂规矩，这时她向庆婶子推荐了一个人，说长平会绣花儿，咋不让长平去给三奶奶绣花儿呢？庆婶子把格明看了看，没有回答她提出的问题，却把目光转向同样站在雪地里的格明的娘，问这些事儿你没给孩子讲过吗？庆婶子的口气里有些许责备的意思。格明的娘顿时显得很不好意思，说这事儿怨我，我还没顾上跟孩子讲。她马上对格明说：给三奶奶绣花儿的小闺女儿必须是父母双全的人。长平的爹死了，不是父母双全，就不能给老奶奶绣花儿。不管长平绣花儿绣得再好，人家也不会让她绣。格明本来还要提到同村的另一个闺女，那个闺女也会绣花儿，可她不敢再提了。给老奶奶绣花有这么多讲究，这么多条件，她哪里知道。她要是再提到一个闺女，不知又会犯到哪一条忌讳呢。果然，格明在跟着庆婶子往三奶奶家走时，庆婶子又跟她讲了一个条件，给老奶奶鞋上绣花儿的小闺女儿，家里还必须是儿女双全的人，因格明有一个弟弟，儿女是双全的，格明才符合了当一个绣花人的全部条件。格明把所有条件和自己对照了一下，把几个条件都记住了。

　　庆婶子把格明领进三奶奶家的西间屋，说格明来了。屋里的人不管是站着的，坐着的，还是蹲在地上缝被子的，都一齐望着格明，跟格明打招呼：格明来了！格明来了！那些人都是女的，年长的，年轻的，各个年龄段的女性都有。她们与格明打招呼时，声音都不大，都有些压抑，像是害怕惊动了什么。但她们的眼神和语气里，都有一些感激的意思，还有一种殷切的期望在里头。格明从小到大，哪里见过这样都把她当回事的场面，何曾受到过这么多人的重视，她有些担当不起，甚至有些受惊，想说话，不知说什么；想看人，目光有些躲，小脸儿黄黄的，只把头抬了一下，就低下了眉。格明身旁放着一把老式的红木椅子，椅子上叠放着好几匹生白布。格明知道，这是事先准备好的孝布，等三奶奶咽了气，前来吊孝的人每人都会得到一块孝布，男人系在腰里，女人顶在头上。椅子里边，靠墙放着的是一口棺材。棺材在屋子里显得很大，很笨重，好像屋子里又套着一间屋子。棺材上的黑漆不知漆了多少遍，深厚得一眼看不到底。雪光从窗外照进来，漆面映得一明一明。那明是波动的，好像随时会漾出来。屋子的空地方铺着一张苇席，三奶奶的两个已出嫁的女儿正在苇席上给她们的娘套被子。不管她们的娘生前铺什么，盖什么，死后一定要铺金盖银。所谓铺金，就是铺一条黄布做的褥子。所谓盖银呢，就是盖一条白布做的被子。她们大概已经把金褥子套好了，这会儿正在套银被子。与娘亲生死离别之际，她们的神情都很凄苦。她们准备好了大哭，只是这会儿还不能哭。因要闭着嘴巴，她们的嘴角不时有些抽搐。她们的眼睛都有些红肿，那是控制不住的小股的眼泪浸泡所致。这里的气氛是凝重的，也是悲伤的。外面的大雪使这样的气氛有增无减。格明被这样的气氛感染着，不知不觉间，她的心情也沉重起来。

鞋帮子有了，白纸剪的花样子也有了，把花样子分别贴在两个鞋帮子上，照着花样子绣花儿就行了。庆婶子把鞋帮子和花样子递给格明，正要教格明怎样绣，三奶奶的大女儿说：我领格明去跟她三奶奶说一声吧。三奶奶在东间屋的大床上躺着，床前守着不少人。大女儿领格明过来，那些人就让开了。大女儿说：娘，娘，格明来了，格明给您往鞋上绣花，您听见了吗？不知三奶奶听见没有，三奶奶没有睁眼，也没有说话。三奶奶的嘴半张着，喘气喘得很厉害。三奶奶的脸肿成了明黄色，很像用糖稀吹成的糖人，多吹一口气就会炸，少吹一口气就会瘪。格明只看了三奶奶一眼，就不敢看了。然而三奶奶的大女儿对格明说：格明，你跟你三奶奶说句话吧，你就说，三奶奶，我是格明，我来给您绣花儿，您放心。说着，把格明让在前面。格明不说话是说不过去的，她站得离床边近一点，说三奶奶，三奶奶，我是格明……刚说到她是格明，像是被泪水呛了喉咙，嗓子突然变粗，变哑，说不下去。嘴里说不成话，眼泪却流了下来。大女儿忙说：好孩子，你这一说，你三奶奶就心领了。说着拉了格明的手，说走吧，咱去那屋给你三奶奶绣花儿。

格明要绣的花儿并不复杂，一根花梗，四片花叶，一朵花儿。花梗绣褐色，花叶绣绿色，花朵绣黄色。格明以为先绣花梗，再绣花叶，最后才绣花朵。园子里的花儿就是这样生长的。可庆婶子告诉她，往鞋上绣花要倒着来，先绣花朵，再绣花叶，然后用花梗把花朵和花叶串连起来。庆婶子把一根绣花针和缠了各色丝线的线轴给了格明，格明把黄丝线往针鼻子里纫时，手指哆嗦得怎么也纫不进去。她把线头放在唇边湿湿，再纫，再纫，还是纫不进去。自从听说要她给三奶奶绣花儿，她的哆嗦一直都没止住，只是一会儿重，一会儿轻；一会儿明显，一会儿不明显。她的哆嗦这会儿又加重了，是因为她一手捏细针，一手捏长线，细针和长线仿佛是她暴露出来的或延长了的神经末梢，她越用力，越着急，"神经末梢"哆嗦得越厉害。庆婶子说：你这孩子，手指头哆嗦啥呢！我看你的手比七老八十的老太太哆嗦得还厉害。庆婶子这么一指出来，屋子里的人都朝格明看去。格明赌气似的垂下双手，不纫了。她开始在心里骂自己：笨死你吧，你咋这么没用呢，你还不如死了呢，你干脆死了去吧！骂着自己，她的眼泪几乎又落下来。三奶奶的大女儿为格明说了一句话，她说：你们都别看格明，她一会儿就好了。谁第一次绣花儿都这样，绣得多了，自然就熟练了。格明背过身子，把心稳了稳，果然把针纫上了。她站在窗内，面朝着窗户。窗户上装的是明玻璃，透过玻璃，她看见桃花雪仍在下。有一朵盛开的雪花从窗口上方下来，眼看要飘进窗内。因有玻璃挡着，它终究未能进来，碰到玻璃后，只能轻弹一下，落在窗台上。格明认出来，她所绣的花儿应该是菊花。尽管花瓣简化了一些，但从花朵的形状上看，还是像菊花。反正不是桃花，不是莲花，也不是牡丹花。既然是菊花，雪花就用不着，就没法儿参照。格明在记忆里寻找她所见过的菊花。格明见过的菊花不算少，见过野菊花，也见过栽种的菊花。野菊花多开在河坡地畔，人们从那里走过，不经意间被晃了一下眼，回头看，原来是金灿灿的野菊花开了。只是呢，野菊花的花头要小一些。特意栽种的菊花就不一样了，秋风吹来，哪一朵不是开得盈盈满满，辉辉煌煌！在格明家院子的东南角，一个用矮花墙围起来的小园子里，爹就在墙边种了一丛菊花。每年秋天，那丛菊花都会不失时机地迎霜开放。菊丛高过了矮墙，数不清的黄色线菊的花朵簇拥在墙头上，让人想摸不敢摸，想闻舍不得闻，欣赏不尽，怜惜不尽，感叹不尽。心中的菊花开了，格明手上的菊花就可以绣了。

东间屋一阵呼唤，屋当门和西间屋随之一阵慌乱，人们纷纷拥向东间屋去了。三奶奶的生命再次到了一个紧急关头，呼吸出现了间断。三奶奶的子女们刚要把三奶奶往屋当门抬，三奶奶咽了一半的一口气又吐了出来。好比黑暗中一点微弱的灯头，一股风把灯头吹得忽闪了几下，灯火并没有熄灭。只要一口气还在，人就不算死去。人的呼吸和人的血液一样，在青壮年时都处在一种幕后状态，并不被人们所注意。到人生病了，人老了，快不中了，呼吸的重要性和决定性才显现出来。见三奶奶的呼吸又接续上了，慌乱的人们又稳定下来，回到各自的位置。当西间的人拥向东间屋时，格明没有随着人们拥过去，只有她一个人留在西间屋里。三奶奶的生命已不可挽回，咽下那口气只是一个时间问题，谁过去都没用。三奶奶一断气，就得穿花鞋，时间已经很紧迫，格明得抓紧绣花。当整个西间屋剩下格明一个人时，格明又有些害怕，但她已经不哆嗦了。

三奶奶不是格明的亲奶奶，是远门子奶奶，远得隔着好几门儿呢。可因为格明家和三奶奶家姓着同一个姓，根子上是一个祖宗，辈分排列是很严格的。娘说三奶奶对格明不赖，是有一年，三奶奶见格明穿的裤子太短了，短得揪巴到膝盖那里，就送给格明一条长一些的裤子。三奶奶的儿子儿媳都在城里工作，她每次到城里去，都捎回一些旧衣服，分给乡亲们的孩子们穿。还有一次，格明到地里放羊时，羊把四叔家的玉米苗子吃了两棵。四叔把格明吵得没鼻子没脸，还追着格明的羊，要把那只羊勒死。正好三奶奶路过那里，四叔吵格明，三奶奶就吵四叔。三奶奶说：你那么厉害干什么，你看你把孩子吓成什么样了！三奶奶吵了四叔，四叔才放弃了追赶格明的羊。不然的话，脾气火暴的四叔说不定真敢把她家的羊勒死。这两件事格明都记住了，恐怕永远都不会忘记。三奶奶是好三奶奶，这么好的三奶奶不应该死。要是三奶奶死了，村里就没有这么好的三奶奶了。格明听人说过，人都是要死的。难道她将来也会死吗？她要是死了，是不是也要有一个小闺女儿为她绣花鞋？格明不敢想了。

天快晌午时，格明的娘踏着雪来了，喊格明回家吃午饭。一朵黄花才绣了半朵，格明说：你先吃吧，我不饿。娘说：出来大长一晌了，咋会不饿呢！走吧，回家吃了饭，回来再接着绣。三奶奶的大女儿说：午饭让格明在这儿吃吧。格明说：我说了不饿，就是不饿，我啥都不吃。娘从裤兜里掏出两个煮熟的鸡蛋，说给，我给你煮了两个鸡蛋，你吃了先垫巴垫巴。格明眼不离手，手不离针，针不离线，线不离花，不接鸡蛋，说：我说了不饿不饿，你别耽误我绣花儿好不好！格明像是有些着急。娘说好好好，你这会儿不想吃就不吃，等想吃的时候再吃。她把两个鸡蛋往格明的上衣口袋里装。格明躲着躲着，娘还是把两个鸡蛋装进去了。娘怕格明再跟她急，装作装鸡蛋的事儿已经过去了，伸着头看格明绣的花。不料格明把身子一转，给了娘一个后背，说：不让看！娘说：你这闺女，我看看怕啥！格明说：啥也不怕，就是不让看。你赶快回去吃饭吧！格明说的是啥也不怕，其实心里还是有些怕头。她怕娘说她绣得不好，还怕娘说着说着乱动手。娘在闺女面前总是娘，总要挑闺女的毛病，好像不挑点毛病就不是娘了。今天她不想让娘挑毛病。娘要是动手更使不得。庆婶子的话她记住了，只有十六岁以下的小闺女儿才可以给老奶奶的鞋上绣花儿，娘早失去了绣花儿的资格。当娘的似乎理解了女儿对她的防备，没有坚持非要看女儿绣的花儿，她说好好好，我不看了。你好好绣吧，绣完了回去我给你做好吃的，想吃啥娘给你做啥。

娘走了，长平又来了。长平与格明同岁。拿生月相比，长平比格明还小三个多月。长平的娘去城里给人家当过保姆，城里的那家女主人对长平的娘很有好感，长平的娘都回家来了，过春节时人家还给长平的娘寄钱。感激之余，长平的娘为了报答人家，想起那女主人说过爱穿农村人做的绣花拖鞋，就精心做了一双，给人家寄去了。人家回信夸花儿绣得好，长平的娘一高兴，又给人家绣了一双。长平的娘绣花儿时，让长平也学着绣，长平就把绣花儿学会了。格明有一天去长平家看电视，见长平正埋头绣花儿。长平让格明也绣两针试试，格明没有试，她说她喜欢看电视，不喜欢绣花儿。绣花儿还得穿针，还得引线，还得一针一针挨着绣，一针挨不紧了，就会出现纰漏，多慢哪，多烦人哪！格明不会想到，有些花儿必须她来绣，她连半个不字都不能说。早知这样，还不如跟长平一起学呢。这时候，会绣花儿的长平来了，格明该高兴才是。可格明不但高兴不起来，还顿时有些警惕。前年春天，外出打工的长平的爹死在工地上了。长平不是父母双全，就没资格给三奶奶绣花儿。长平定是听说她在给三奶奶绣花儿，禁不住想过来看看。光是看看倒没什么，她怕长平往花儿上伸手。格明听人说过，会磨豆腐的见不得豆子，会编席的见不得芦苇，会绣花儿的人呢，也见不得别人绣花儿。一见到别人绣花儿，就心痒手痒，眼睛不知不觉张成了花儿的形状。格明警惕着警惕着，长平还是靠近她，下巴勾在她的肩上，巴又着眼看她绣花儿。她躲躲，长平靠靠。她收收肩，长平把她的肩勾得更紧些。长平的一只手也抬起来了，指点着要格明在花瓣上斜着走针，那样丝线跨度长，绣得会快一些。格明不会让长平的手碰到花儿上，说我知道。长平又说：你要嫌花瓣太平，想让花瓣起楼子，有立体感，可以绣套针子。格明不得不扭过脸来，瞥了长平一眼。她的眉头皱起，花瓣没有起楼子，她的眉头倒先起了楼子。这一眼瞥得又长又有力，拒绝长平插嘴插手的用意再明显不过。长平被格明瞥得吃惊不小，如果格明用手推她，不一定把她推得开，格明这一瞥，却把她瞥开了。在村里，她和格明是好姐妹，格明今天是怎么了。三奶奶的大女儿对长平说：你别管格明，让她自己绣吧，绣啥样儿就是啥样儿。庆婶子也对长平说：长平，你过来，我跟你说句话。把长平叫到雪地里去了。长平没有再回到屋里来。

两朵花儿格明绣了一整天，傍晚娘接她回家时，她的腿都站硬了，脚也站麻了。娘给做了些好吃的，让她用热水洗洗脚，早点睡吧。当晚格明睡得一点都不踏实，一会儿醒了，一会儿又醒了。她每次醒来都以为天大亮了，抬头往窗口看看，映进屋的原来是雪光，不是天光。她还老是做梦，翻来覆去梦着同一个内容。她梦见三奶奶对她绣的花儿很不满意，问这是谁绣的，用脚丫子夹绣花针，也不会绣成这样。三奶奶竟把绣花鞋从脚上脱下，扔到门外头去了。三奶奶的女儿把绣花鞋捡回来，哄着给三奶奶穿上。这次三奶奶变戏法似的，把绣花鞋藏起来了。人们满屋子找，满村子找，怎么也找不着。后来还是格明在她家的磨洞子里把绣花鞋找到了。格明不能明白，磨洞子上面盖着雪，一点人为的痕迹都没有，三奶奶是怎么把绣花鞋藏进磨洞子里的呢！格明再次醒来时，隐约听见了三声炮响，她一惊，知道三奶奶这回真的不中了。这时睡在东间屋的娘也醒了，娘问格明：你听见放炮了吗？格明没有回答，她的喉咙像是被什么噎着了。

格明和娘来到三奶奶家，见院子里站了不少人。雪停了，来来往往的人脚把积雪踩扁，踩碎，踩出了水。格明看见，被安置在屋当门一领高粱箔上的三奶奶，寿衣已经穿好，身上盖着被子，脸上蒙了纸。格明最注意三奶奶的脚，要看看三奶奶穿上她做的绣花鞋没有。还好，被子没有把三奶奶的脚盖严，绣花鞋露出一点，三奶奶脚上穿的正是格明做的绣花鞋。花是两朵，左边鞋上一朵，右边鞋上一朵，两朵花儿朝里对着。金黄色的花是那么亮眼，简直是光彩烁烁。看着看着，两朵花儿仿佛升腾起来，升得满屋子都是花朵。

天放晴后，雪很快融化。房檐滴水，草垛滴水，树上的芽苞也在滴水，到处水淋淋的。无事的格明站在屋后，对她家的那扇石磨久久看着。磨上的积雪渐渐稀薄，消化，变成一窝窝雪水。磨洞上的雪早已塌陷下去，重新露出磨扇上的空洞。格明想起她做过的梦，就把手伸进磨洞里掏，想摸摸里面到底有没有东西。她摸了一手湿，洞里什么都没有。

娘问她掏什么呢？她说，娘，你给我买丝线，我要绣花儿。

娘说，这些天村里又没死人，你给谁绣花儿？

格明说，我绣一双花鞋，自己穿。

2006 年 7 月 28 日至 8 月 4 日于北京和平里

到处都很干净

猪呀，羊呀，鸡呀，都没有了，狗、猫、兔子、扁嘴子等等，也没有了。没有了好，没有了就干净了。没有了家畜家禽，连野生野长的屎壳郎也不见了。以前，这里的屎壳郎很多，起码比村里的人口多。小孩子随便对着地上的洞眼滋一泡热尿，不一会儿，便有一只屎壳郎，顶着一头泥浆，从浑浊的尿水里爬出来。穿一身黑色制服的屎壳郎，被识字的人说成是村街上的清洁工。清洁工起床很早，每天天还不亮，清洁工们便每工推一只粪球，撅着屁股在街面上穿梭忙碌。清洁工是一种美化性的说法，其实屎壳郎是靠粪便生存。家畜家禽是生物链上的一环，它们的粪便是食物链上的一环。这两环中断了，处在下游的屎壳郎这个环节失去了生活来源，自然断子绝孙，踪迹难觅。这样好，街面上干净得连清洁工都用不着了。

　　一个地方干净不干净，鸟说了不算，刁钻的检查团说了不算。谁说了算呢？风说了算。风检查哪里干净与否，不是用眼，是用嘴。它鼓起嘴巴一吹，尘埃、草毛缨子、枯叶、鸡毛等，一切脏东西无处藏身，就会飞起来。春来风多，等于风很勤快，很负责，一会儿就把卫生检查一遍。风扫来荡去，不放过任何一处死角。风通过吹气检查的结果，对该地方的卫生状况表示满意。可以说，街面明光如镜，不见任何物质性的东西，就算达到了卫生标准，标准里并不包括诸如噪音、异味等非物质性的东西。然而，这里没有了鸡鸣狗叫，连噪音都没有了。这里没有烟熏火燎，无人放臭屁，空气中连异味都没有了。因地面干净无比，仿佛这里的天空也很干净，你想找一星半点云彩的渣子都找不到。如果卫生达标的满分是一百分，风宁愿给这个地方打二百分。风甚至有些惊奇，自从盘古开天地，三皇五帝到如今，恐怕从来没有这样干净过吧！这样的真干净让见多识广的风都有些害怕了。

前两年，这地方大搞过除"四害"运动和爱国卫生运动。"四害"包括麻雀、老鼠、蚊子、臭虫。人们用棍子戳，用弹弓崩，用开水灌，用毒药喷，把害虫除得够呛。在爱国卫生运动方面，人们不仅把街面打扫干净，还用笸头盛上石灰，利用笸头底部的缝隙，在街面的地上蹾出一朵朵白色的花儿来。这地方如此干净，难道上述两项运动真的发挥了作用，收到了持久性的实效？不是，什么运动都是一阵风，只能管一阵子。真正的原因，是人们揭不开锅了，没吃的了。这真是一条独特的经验，想让某个地方干净起来，不必搞这运动，那运动，只把那个地方吃的东西断掉就行了。没吃的是一净，得到的效果是百净。

洪长海以前不是一个爱干净的人。老婆用粗白棉布给他做一件半袖汗衫，他从白穿到黄，从黄穿到黑，一夏天都不待洗一回的。老婆杨看梅让他脱下来洗洗吧，他说不用洗，洗得勤，烂得快。他还说：你看骡子洗衣服吗，哪头骡子不是一身衣服穿到底！洪长海吃东西也不讲究。从地里拔出一棵大葱，葱白上还沾着泥，他用手把泥擦一下，就一口一口吃起来。他借用当地流行的说法，说不干不净，吃了不生病。您别说，洪长海壮得像一头驴子一样，能跑能咬，能踢能跳，一年到头，很少生病。洪长海现在变得干净起来，躺在床上，闭着眼，不吃也不喝，不吭也不动。并不是因为他生了病，是生生饿成了这个样子。他不吃不喝，是因为大食堂断炊了，从食堂里再也领不出一口吃的和一口喝的。他不吭不动，是想省些气力，把一口气保持得稍稍长一点，能多活一天是一天，能多活半天是半天。说他变得干净起来，并不是说他表面有多干净，是指他的肚子干净了，肠子干净了，肚肠里空空的，已没什么可拉的，也没什么可撒的。洪长海好比是一盏油灯，该往灯盏子里添油了，家里却无油可添，灯头越变越小，眼看着就要熄灭。若是一盏真的油灯，灯头熄灭后，往灯盏子里添上油，灯头可以重新被点燃。洪长海这盏"灯"若是熄灭，就再也添不进油去了，再也不能点燃了，将是永久性的熄灭。

　　杨看梅不想让丈夫洪长海死，她一直守在丈夫身边。她问丈夫：他爹，你渴不渴？我去给你舀点水喝吧？她不能给丈夫加油，只能添水，她想用水代替油。丈夫的眼皮颤动了一会儿，然后把眼角处的眼皮睁开一点，从眼角那里看了她一眼。丈夫的目光不但不温柔，好像还有点尖锐，不像是从临死的人的眼里发出来。丈夫这一看，杨看梅突然明白过来，饿死的人与病死的人不同，饿死的人在临死之前不喝水。肚里没本儿，难咽清水儿，给饿得临死的人喂水，临死的人只会死得快些。杨看梅不再提让丈夫喝水的话，她说：他爹，他爹，你可不能死呀，你要是死了，你这一窝孩子，我可给你养不活。就算你舍得了我，你怎么能舍得下你的这些孩子呢！这一次洪长海没有再睁眼，他的眼皮颤动了一会儿，从眼角那里滚出一滴泪来。他的泪珠又瘦又小，一点儿都不饱满，像是过了挂果期的树结出的果子。他的泪珠一点儿都不透明，不晶莹，好像水分不够，有些浑浊。这不奇怪，人饿到一定程度，连眼泪也会发生变异啊！

　　再瘦小的泪珠也是眼泪，也是从伤心处流出来的。杨看梅看见丈夫流泪，她的眼泪也流了出来，她哭着说：他爹，你想躲清静，那可不行。你不能这样狠心，不能撇下我和孩子不管啊！

　　他们家有五个孩子，孩子们听见娘哭，都哭了。杨看梅自己哭，却不许孩子们哭，她说：哭什么哭，都给我憋住！你们的爹还没死呢，还不到哭的时候。我们把你们养这么大，该用着你们的时候了，你们就知道哭。去，想办法给你爹弄点儿吃的回来！

孩子们把泪珠子挂起来，不敢再哭。可是，娘命他们出去给爹弄吃的，这把他们难住了。缸也净，锅也净，天也净，地也净，眼下最难办的事就是弄吃的，到哪里才能弄到一口吃的呢！孩子们你看看我，我看看你，都不知道到哪里才能弄到吃的。

大女儿叫金米，大儿子叫金豆。金米十三，金豆十岁。杨看梅点了金米金豆的将，说：你俩出去，看能不能给你爹找口吃的。你爹要是饿死了，你们也活不成。

从节气上讲，立春是过了，但春天并没有真正立起来。天气还很冷，水塘里结的冰还没有化开。风像是从很远的地方刮过来的，风刮过来时是清风，到这里还是清风，风里一点内容都没有增加。风只会搜身，搜完地的身，坟的身，又搜人的身。风从人的领口袖口那里搜过去，一直搜遍人的全身。金米和金豆从村里往村外走，尽管姐弟俩都抱着膀子，还是被寒风搜得直打哆嗦。金米记得，村子西边有一棵柿树，他们要去看看，柿树的皮还有没有，要是有的话，他们打算剥一点柿树皮，拿回家给爹吃。村子里边没有树了，前年大炼钢铁时，把村里的树都伐光了。不管是几百年的古树，还是未成年的小树，几天之内都送进了炉膛。村外除了有一棵柿树，还有为数不多的柳树、榆树。金米知道，那些柳树和榆树的树皮都被人剥光了，剥得像露着白色的骨头。而柿树的树皮比较粗糙，又苦又涩，不一定被人剥光。然而他们远远地就看见，那棵柿树的树皮也被人剥光了。他们不甘心似的，只管向柿树身边走去。他们从下看到上，柿树树干的树皮剥得一点都不剩。不但树干的树皮被剥光了，连一些小枝也被剥得露着白条。金米说：完了，咱们来晚了。金豆要把光光的树干摸一下，金米不让他摸，金米说：这棵柿树肯定活不成了。

地里种的有麦子，麦苗下面的麦白可以吃。金米和金豆可不敢掐麦白。前两天后半夜，有人偷偷到地里掐麦白，队里干部知道了，汇报到公社。公社派人给这个村的社员开会，说再发现谁偷掐麦白，就把谁窖起来！这村有一个挺大的地窖，是窖红薯用的。如今红薯没有了，地窖成了空窖。所谓把人窖起来，就是把人投到地窖里去。一旦把谁窖起来，并封上窖口，恐怕再想着出来就难了。金米和金豆都曾趴在地窖口向地窖里看过，知道地窖的阴森可怕，他们可不愿意被人窖起来。

他们看见一只老鸹，落在麦地里，老鸹在麦垄间一淘一淘，像是在淘吃什么东西。他们跑过去，老鸹飞走了。他们在麦垄间瞅了瞅，那里什么东西都没有。他们骂了老鸹，认为老鸹是骗人的东西。

姐弟俩没有马上回村，他们沿着村西的水塘往南走。走到村西南角一块大面积的水塘边，姐姐灵机一动，对弟弟说：哎，你不是会钓鱼嘛，你应该给咱爹钓鱼吃呀！姐姐的提醒让弟弟也很欣喜，弟弟说：是呀，我怎么把钓鱼的事忘了呢！金豆钓鱼很在行，也很有耐心，有一年夏天荷花盛开的时候，就是在这个水塘边，他一上午钓到了三条鲫鱼板子。他把鲫鱼板子包上一层莲叶，外面再裹上一层泥，放进烧柴草的灶膛里烤。等泥烤干了，里面的鱼就熟了。把烧包在青石板上啪地一摔，里面新蒜瓣一样雪白的鱼肉便绽开来，那是相当的香。姐姐说：现在正是钓鱼的好时候，人饿，鱼也饿，我估计现在的鱼特别肯吃钩。弟弟赞同姐姐的说法，说对，对，趁鱼饿得昏了头，我今天要多钓几条。我准备钓五条，不，我准备钓八条。姐姐说：这就看你的本事了，你想钓几条都行，钓得越多越好。姐弟俩仿佛看见，爹吃了他们钓的鱼，伸伸胳膊伸伸腿，便从床上坐了起来。爹夸他们干得很好，养他们真是养值了。于是，金豆跑着回家取鱼钩，金米把已经变薄的冰面砸开一个洞，为金豆选好了位置。待金豆要把鱼钩往冰洞里放时，姐弟俩似乎才想起，呀，还没有鱼饵。手里没有米，唤鸡也不来。同样的道理，钓鱼没有鱼饵，就没法钓鱼。把带倒刺的钢钩放进水里，再傻的鱼也不会碰一下。他们这里钓鱼用的鱼饵一般有两种：一是在鱼钩上捏一点和好的面，把鱼钩包住；二是从潮湿的地头沟边刨出一些活蚰蟮，把蚰蟮筒状的肉体套在鱼钩上。面是不敢想了，他们家一丁点儿面都没有。他们只能拿来铁锹，试试能不能在水塘边刨到蛐蟮。他们刨了一锹又一锹，除了刨到一片蛤蜊碴子，和一段腐朽的苇根，哪里有蛐蟮的影子呢！是了，天气还很冷，节气还不到惊蛰，蛐蟮们都还蛰伏着没有出来。姐弟俩白忙活了一场，他们钓鱼救父的希望破灭了。

洪长海躺在被窝里，上身穿着棉袄，下身没有穿衣服。杨看梅从下面把手伸进被窝里，向洪长海腿裆里摸去，想判断一下丈夫的命根子现在到了一个什么状态。他们这里判断一个男人是不是快要死了，传统的办法，往往要看看男人的命根子，或摸摸男人的命根子。如果男人的命根子萎缩得看不到了，摸不到了，这个男人离死就不远了。洪长海误会了老婆的意思，老婆摸他的腿裆，他以为老婆像以前那样，还要做那件事。以前有吃有喝时他当然厉害，他的阳物像一杆黑缨枪一样，老婆的手稍有接触，他就翻身上马，用"黑缨枪"把老婆挑得够呛。现在他都饿成这样了，一口气只剩下半口，老婆还要干那事，不是要他的命嘛！他有些烦躁，甚至有些反感，伸手把老婆的手拨拉开了。老婆觉出男人误会了，她说：他爹，你别生气，我不是那意思，我想摸摸你的命根子还好不好。我摸出来了，你没事儿，你的命根子还好着呢！杨看梅这样说，是在安慰洪长海，其实洪长海的命根子状态很不乐观，刚才她只摸到一些干燥的"黑缨子"，"枪头"几乎摸不到了。

杨看梅解开扣子，把一只奶掏出来，俯下身子，把奶头子往丈夫嘴里塞，她说：他爹，你吃一口试试，看看还能不能吃出一点儿水儿来。丈夫不睁眼，也不张嘴，奶头子塞不进他嘴里。前两年，杨看梅在奶孩子的时候，她的两个奶子像两只装满了奶水的大袋子，端着是沉的，捏着是硬的，饱满得很。孩子吃不赢时，杨看梅就让丈夫帮着吃一吃。丈夫躲都躲不开，还没等丈夫张开嘴，奶汁子已经滋出来，稠嘟嘟的奶汁子滋得丈夫满鼻子满眼都是。现在不行了，奶袋子变成了空袋子，提起来是两张皮，放下来还是两张皮，干瘪得很。拿奶头子来说，以前两个奶头子硬得像两枚刚刚成熟的桑葚子，现在软得连吃剩下的葡萄皮都不如。这样的奶子别说有奶汁子了，里面的血液恐怕都没有多少。面对这样的奶子，丈夫拒绝张嘴是有道理的。

难道就这样眼看着丈夫饿死吗？如果给丈夫弄不到吃的，也许一天，也许两天，丈夫就会不可避免地死去。在正常年月，人们想象不出，活活的人怎么会被饿死。人胳膊上有手，腿上有脚。有手，可以抓东西吃；有脚，这里没吃的，人可以逃到别的地方去。人们总以为，饿死人是不容易的。到了非正常月，人们才知道，原来饿死人是容易的。人有手是不错，但无吃的东西可抓。腿上长脚的人是能够逃走，但队里的干部不许你逃走，你有什么办法！一两天来，这个村已经饿死了两个人，都是壮年男人。一个人饿死在自己家床上，别一个饿死在队里的磨坊里。饿死在磨坊里的那位，是自己爬到磨坊里去的。这地方的规矩，磨完粮食之后，磨底的麸皮不能扫净，须留一点垫磨底。磨眼可以空，磨底不能空。那个人爬到磨坊里，气力几乎耗尽，已喘息不止，站立不起。他爬在磨道歇了一会儿，伸手摸到了推磨用的磨系子。他双手拉着磨系子，借助拉力，才站了起来。可惜的是，他的一只手刚摸到磨眼，手指还没触到磨底，头一软，脸一扁，就死在了磨盘上。杨看梅的丈夫腿浮肿得老粗，想下床是不可能了，要死只能死在床上。

杨看梅问丈夫，还有没有什么话要对她说。她的意思，要丈夫把最后要说的话留下。丈夫明白了她的意思，但丈夫说出的话好像不是遗嘱的性质，丈夫说：金米她娘，我还没活够，我不想死。杨看梅说：我也舍不得让你死，一粒米难倒英雄汉，我有啥办法呢！丈夫说：天无绝人之路，你再想想，真的一点儿办法都没有了吗？杨看梅说：天不绝人人绝人，我想不出有啥办法。你要是有啥办法，跟我说说嘛！丈夫说：我一个男人家，能有啥办法！家里顶梁的柱子都是男人，丈夫说男人没办法，这是啥意思？杨看梅想了想问：你是想让我去找周国恒吗？丈夫没有说话。丈夫不说话，等于丈夫确实有这样的想法。杨看梅说：你不是跟我说过，不让我答理周国恒嘛！丈夫慢慢晃晃头，长叹了一口气。

在整个村子，眼睛没塌坑的只有周国恒，屁股瓣子上还有些肉的也只有周国恒。大多数男人，连咳嗽的气力都没有了。周国恒偶尔咳嗽一声，仍响亮如钟，显得很有底气。另外，因肚里无食，不少人长时间不再放屁。就是放一个屁，也如明月清风一般，不带什么浊气。而周国恒放的屁，透露出的还是粮食的气息，不是树皮和草根的气息。周国恒何许人也？他是生产队的仓库保管员。食堂虽然断炊了，仓库里粮食还是有的。那些粮食有豆子、玉米、谷子，还有芝麻。既然仓库里有粮食，干吗不拉到食堂，让炊事员做给社员同志们吃呢？不能啊，那些有限的粮食万万动不得，那是队里留下的准备夏种的种子。倘把种子吃掉，夏季作物种不上，这个村的人恐怕真的要断种了。仓库的两扇木门对缝处，卧着一把黑色的大锁。闪着铜色光亮的钥匙一天到晚在周国恒的裤腰带上拴着，只有周国恒有权力将带齿的钥匙捅进大锁的屁股门子里去，把那块"黑色幽默"捅开。有事无事，周国恒每日都要绕着仓库转三圈，他的脸板得像大锁一样冷，一样黑。他的姿态，是与种子共存亡的姿态。头可断，血可流，队里种子不可丢。他慷慨宣称：只要有我周国恒在，就有生产队里的种子在，谁敢动一粒种子，我就和谁拼命！可明眼人都看得出来，只要仓库里有种子，周国恒的肚子里就有种子，蛋子儿里就有种子。不仅周国恒一个，连他的老婆，他的孩子，都跟着沾光。至于周国恒是怎样把仓库里的种子转移到自己家里去的，恐怕种子心里清楚，周国恒心里也清楚。

杨看梅去找周国恒之前，特意把脸洗了洗，把头发梳了梳。她不敢到周国恒家里去找周国恒，她怕周国恒的老婆把她骂出来。周国恒现在是村里惟一的一块"肥肉"，周国恒的老婆把"肥肉"盯得很紧。仓库前面是生产队的队部，队部的西山墙与另一家的东山墙形成一个窄窄的、半封闭的夹道。那个夹道不是厕所，但也有人去那里撒尿。杨看梅只能躲进夹道里去等周国恒。仓库的门口在夹道的斜对过，只要周国恒开仓库的门，杨看梅就能看到他。杨看梅在夹道里等了一会儿，没有看见周国恒，倒看见一些妇女和一些孩子在仓库门口踅来踅去。他们知道仓库里有粮食，就幻想着粮食能长出翅膀，从门缝里飞出一只两只，他们好及时把粮食捕捉住。还有的妇女，两手推着门，鼻子对着门缝，往仓库里面闻。饿猫鼻子尖，她们一定是闻到了粮食的味道，就循着味道来到这里，用鼻子把粮食的味道吸一吸。她们大概认为，吃不到粮食，把粮食的味道吸一吸也是好的，也可以哄一哄自己的肚子。杨看梅不干那样的傻事，她明白肚子不是好欺哄的，你拿气味欺哄它，只会把肠子磨薄得快一些。

太阳一点一点升高，先是熟南瓜的样子，后是白烙饼的样子，周国恒没有出现。直到太阳变得像薄薄的一层锡纸，周保管员才到仓库这边来了。有些妇女和孩子在仓库门前还没有走，周保管员对他们说：这里是仓库重地，你们在这里干什么，都赶快回家去吧。我实话告诉你们，仓库里已经没有粮食了。他说着，从裤腰带一侧扯出了那把用铁链子拴着的铜钥匙。看见铜钥匙，那些人的眼睛不由得亮了一下，都向钥匙瞅去。他们瞅的不是钥匙，是豆子，是玉米。豆子、玉米和钥匙的颜色差不多，都是熟黄色。然而周保管员没有用钥匙开门，他把钥匙又掖回腰里去了。他想到了，他要是开了门，这些饿急了眼的人说不定会拥进仓库抢粮，那样的话，麻烦就大了。俗话说，人为财死，鸟为食亡。从目前这个样子看，人不光会为财死，也会像鸟儿一样，为食而亡。他的态度变得严厉起来，说：都给我滚，滚远点儿；谁要是不滚，我就叫拿枪的基干民兵过来，把你们抓起来，再窖到红薯窖里去！枪是可怕的，那些妇女和孩子这才走开了。

杨看梅从夹道里走出来，喊住了准备往家走的周国恒，她说：国恒哥！周国恒看见杨看梅，没有面露欣喜，反而有些警惕，问：你在这里干什么？杨看梅的眼睛笑了笑，说：我在这里等国恒哥呀，我想跟国恒哥说说话。周国恒说：你一口一个哥，你的嘴很甜嘛，你早上吃什么甜东西了吗？真是三句话不离吃，越是缺吃的，人越爱拿吃的说事儿。杨看梅说：是呀，吃了。周国恒忙问：吃的是白糖还是红糖？杨看梅说：可能是红糖吧，国恒哥不想闻闻吗？杨看梅说着，哈了一口气，并伸出舌尖把嘴唇舔了舔。周国恒看见了杨看梅的红舌子里生了一点津。倘是搁二年前，他当然愿意把杨看梅的嘴闻一闻，并把自己的舌头送到杨看梅的嘴里去，现在就免了，他连口水都不愿意送人。他说：我不是不想闻，是不敢闻，我怕别人把我的鼻头咬下来当肉吃。杨看梅问：你鼻头上的肉多吗？周国恒反问：你看呢？杨看梅说：依我看，你上面的鼻头没有下面的鼻头肉多。周国恒禁不住笑了，说：杨看梅今天表现很好嘛！杨看梅说：我在国恒哥面前不是一直表现很好嘛！周国恒说：不是吧，以前你的裤腰带扎得很紧哪！怎么，洪长海现在不管你了？杨看梅说：他饿得在床上爬都爬不动了，他拿什么管我！周国恒噢了一声，说：原来是这样。杨看梅说：国恒哥，你救救他吧。周国恒说：我怎么救他？杨看梅说：只要想救他，国恒哥总会有办法的。在咱们村，要是国恒哥不救他，就没人能救他了。周国恒说：我说呢，没事儿你不会来找我。你找我，是想让我犯错误啊！杨看梅说：人命关天，国恒哥不能见死不救吧！你救了洪长海，我念你一辈子的好，从今以后，你想让我咋表现，我就咋表现。周国恒说：晚了，不管你现在咋表现，都跟我无关。我不瞒你说，仓库里粮食是有的，但我一个子儿都不能给你。大家让我当保管员，我得站稳立场，坚持原则，损公肥私的事一丝一毫都不能干。他对杨看梅摆摆手，走了。

有一个词，叫垂涎三尺。前些年，有吃有喝的时候，周国恒对杨看梅可不止垂涎三尺，恐怕垂涎六尺都打不住。周国恒时常吊着杨看梅的线，见杨看梅一个人在哪里，他不声不响就过去了。在一个夏日的午后，杨看梅在水塘边洗衣裳。毒日头照得水面发光，知了在柳树上叫，狗在墙根吐舌头，草鱼伸嘴拽苇叶吃，一切都静悄悄的。杨看梅刚把一件衣裳在水里抖开，周国恒就跟了过来。周国恒说：洗衣裳？杨看梅说：洗衣裳。周国恒说：天怪热呀！杨看梅说：没事儿。周国恒说：我洗洗手。他说的是洗手，却伸手把杨看梅正洗的衣裳拉住了，他拉住的是衣裳的袖子。杨看梅想把衣裳拉回来，一拉二拉，周国恒就是不松手。杨看梅说：你这是干什么？周国恒说：不干什么，我想帮你洗。杨看梅说：不用你帮。周国恒说：我看来看去，全村的女人数你长得最好看，你知道吗？杨看梅说：不知道。周国恒说：你有腰，别的女人没腰。杨看梅说：你这话可笑，是人就有腰，没腰怎么干活！趁周国恒正看她的腰，她手上一使劲，把周国恒手里拉着的衣袖拉了过去。周国恒说：主要是你的腰长，腰细，让人一见就想搂一搂。杨看梅说：水蛇的腰也长，也细，你看见也想搂吗？周国恒说：这么说，你是水蛇托生的了。周国恒装作一不小心，将腰间长长的铁链子和链梢拴着的仓库的钥匙脱垂下来。人说一把钥匙开一把锁，周国恒拿这把钥匙不知开了多少锁。他希望杨看梅能注意到他的钥匙，与他就钥匙的问题展开对话。见杨看梅只顾洗衣裳，看见钥匙如看不见，他只好自己把钥匙拿在手里说事，问杨看梅：你看这是什么？杨看梅说：笑话儿。周国恒说：你说它是笑话儿也可以，反正它是钥匙，又不是钥匙。杨看梅问：不是钥匙怎么讲？周国恒说：它是小麦，也是芝麻，仓库里有什么，它就是什么。杨看梅说：你说这话我不信，仓库里还有老鼠呢，它是老鼠吗？周国恒喜得鼻孔都张圆了，说：以前光知道你长得好看，没想到你说话也这么调皮，好，你这把锁我开定了。你别洗衣裳了，我去仓库等你。仓库的墙角有一堆棉花，躺在上面软得很。杨看梅说：你走吧。周国恒说：这会儿大家都在睡午觉，不会有人看见你。你一定要去呀！

那次杨看梅让周国恒失望了，她没有到仓库里去。秋后的一天上午，周国恒趁洪长海去赶集，瞅准只有杨看梅一个人在家里，就到杨看梅家里去了。他进屋就关门，解裤带。他并不是解杨看梅的裤带，而是解自己的裤带。杨看梅问：你这是干什么？周国恒说：我知道你喜欢吃芝麻，我给你带点芝麻吃。说着就从裤裆里一把一把往外掏芝麻，把掏出的芝麻放在一只瓦碗里。杨看梅看出来了，周国恒裤裆的内侧有一个暗口袋，周国恒把从仓库里带出的芝麻装进暗口袋里了。掏完了芝麻，周国恒没系自己的裤带，转身就把杨看梅抱住了，要解杨看梅的裤带。杨看梅说：这不好，这不好！周国恒说：这很好，我就是要跟你好。我要是不能跟你好，一辈子都算白活。杨看梅说：洪长海一会儿就回来了。周国恒说：咱们抓紧时间，不等他回来，咱们就好完了。他把杨看梅往里屋的大床上推。杨看梅觉出下面有一个硬棒一样的东西，把她的下身顶得很厉害。那个东西仿佛有着金属般的硬度，却不是挂在周国恒裤腰带上的钥匙。杨看梅被顶得有些招架不住，差一点就倒在大床上。亏得她丈夫洪长海这时候回来了，不然的话，芝麻放进碓窑子里，周国恒一定会把芝麻顶出油儿来。

听到门外有脚步声，周国恒赶紧把裤腰带系上了。周国恒是有经验的人，遇事并不慌张。他先跟洪长海说话，说：我来看看你，赶集回来了？洪长海见杨看梅脸上有些红，瓦碗里还有半碗芝麻，知道了周国恒玩的是黄鼠狼给鸡拜年的把戏。他说：少来这一套，你干什么来了？周国恒说：我不是说了嘛，我听说你爱吃芝麻焦盐，我给你带点儿芝麻。洪长海问：你拿来的芝麻是不是公家的？周国恒说：这个你就不用管了。芝麻属于油料，国家管得很严，不许在集上买卖。你去赶集，没看见卖芝麻的吧？洪长海问：你还有什么？周国恒说：看你们需要什么了，只要你们提出来，我尽量满足你们的要求。洪长海说：我需要你的腿。我告诉你，以后不许到我们家里来，你再敢跨进我们家一步，我就把你的腿卸下来！周国恒说：不来没关系，你这样说话不合适。不管怎样说，我是咱们村的老干部，村里人都对我很客气。

周国恒走后，洪长海审问了杨看梅，并对杨看梅说了狠话，不许杨看梅再答理周国恒。若发现杨看梅再答理周国恒，也把杨看梅的腿卸下来。

从那以后，杨看梅真的没有再答理过周国恒。看见周国恒在哪里，她就躲得远远的。有时实在躲不开，她把眼皮一塌就过去了。她和洪长海都没想到，缺吃的会缺到这种程度，竟然缺到能把人饿死的地步。为了能救回丈夫的一条命，杨看梅只能遮下脸子，去找周国恒。什么最要紧，人的命最要紧。人一旦没有了命，什么都说不上了。杨看梅想好了，只要能从周国恒那里讨到粮食，周国恒要什么，她就给什么。也是因为挨饿的缘故，她已经好几个月不来身上了，就算她把自己全部交给周国恒，也不会怀上周国恒的孩子。

　　天黑之后，杨看梅再到仓库门前的夹道那里去等周国恒。等周国恒进了仓库，又从仓库里出来，杨看梅二话不说，上去就把周国恒拦腰抱住了。周国恒吃惊不小，问：谁？杨看梅小声说：国恒哥，是我，我是看梅。周国恒说：我当是谁呢，你吓我一跳。你没带刀吧？杨看梅说：看哥说的，我带刀干什么！周国恒说：没带刀就好。现在有了短路的，身上都带着刀。杨看梅说：我只带了腰。周国恒一时没反应过来，他把腰听成了妖，问：妖，什么妖？杨看梅说：你不是说想搂我的腰嘛，我今天就是来让你搂的。周国恒这才明白过来，说：都这时候了，哪个男人还稀罕女人的腰，谁搂谁是傻瓜。周国恒双手垂着，没有搂杨看梅的腰。杨看梅说：这时候怎么了，难道女人的腰就不是腰了。她一边环搂着周国恒的腰，一边把周国恒的裤带解开了。周国恒是拒绝的态度，说：干什么，干什么，你解我的裤腰带，我也不干。现在谁还干那事，谁干谁死得快些。杨看梅的一只手向周国恒的裤裆里摸去。周国恒说：

你摸也是瞎摸，你再摸，它也是软的，硬不起来。不信你试试，你能把它摸得硬起来，算你有本事。

杨看梅没有摸周国恒的那东西，她向周国恒裤裆里的暗口袋摸去。她在暗口袋里没摸到芝麻、豆子、玉米和谷子，只摸到一块硬硬的东西，像是芝麻饼。她把硬东西掏出来一闻，果然是芝麻饼。她把芝麻饼装进自己口袋里去了。

周国恒这才明白了杨看梅的真正意图，他说：杨看梅，我算服了你了。

芝麻饼是什么？是芝麻榨过油后剩下的渣滓轧成的饼。在好年好景，芝麻饼没人吃，都是打碎，埋在地里，当肥料用。据说芝麻饼最适合给西瓜当肥料，施了芝麻饼的西瓜，结得多，长得大，吃起来又甜又沙。杨看梅把芝麻饼碾碎，一点一点喂给洪长海吃。芝麻饼把洪长海从死亡线上拉了回来，不少人都饿死了，洪长海没有死。或者说，原来作肥料用的芝麻饼，救了洪长海一条命。

大食堂解散后，队里给社员们分了自留地。洪长海在自留地里种了庄稼，种了菜。有粮食吃，有菜吃，洪长海的身体恢复到原来的样子，能跑能咬，能踢能跳，壮得像一头驴子。可是，好长时间，洪长海都不跟杨看梅做那件事。他后悔了，后悔不该让杨看梅去找周国恒。他估计，周国恒一定把杨看梅给睡了，不然的话，周国恒不会给杨看梅芝麻饼。有一天，杨看梅对他表示亲热时，洪长海把他的后悔说了出来。人吃饱了饭，毛病就多了。杨看梅说：洪长海，你这样说话可是有点不凭良心了。那个时候，为了保命，谁都不愿意干那事。就算有人想干，也干不动。周国恒也不例外。

2009 年 5 月 23 日至 6 月 2 日于北京和平里

种在坟上的倭瓜

清明节快要到了，地下的潮气往上升，升得地面云一块雨一块的。趁着地气转暖，墒情好，猜小想种点什么。猜小没认准种哪一样，丝瓜葫芦倭瓜，凤仙花牵牛花葵花，只要能发芽能开花能结果，种什么都行。猜小去年就萌生了种东西的愿望，因没找到合适的地方，双手空空的也没有种子，就把时机错过了。今年无论如何，她不能让自己的愿望再落空。

　　猜小家所在的院子是不小，差不多有一个打麦场的场面子大。可院子是几百年的老宅，地上砌的，地下埋的，都是碎砖烂瓦，猜小想开一小块地方，实在开不出来。院子里住着五六户人家，不光人多脚多，院子里无处不踩到，还豢养的有猪有羊，有鸡有鸭，就算埋下的种子能发出芽儿来，还不够猪拱鸡叼的。去年初夏的一天傍晚，猜小发现，在离她家的那棵老椿树不远的地方，在嵌在地上的砖头缝儿里，竟冒出了一个小小的椿树芽儿。不用说，这是老椿树派生出来的后代。刚冒出的椿树芽儿是紫红色的，在夕阳的映照下，简直就像一朵小花儿。猜小高兴坏了，她想，要不了三年五年，这个小椿树芽儿就会蹿得老高，长成一棵像模像样的椿树。高兴归高兴，猜小可不敢声张。她四下里打量了一下，见猪呀羊呀都在院子里活动。它们的鼻子很尖，耳朵很灵，倘是她一不留神，把椿树芽儿的消息说出去，让猪和羊知道了就不好了。她找来一块瓦片，把小椿树芽儿扣在了下面。瓦片瓦楞着，压不住椿树芽儿，像是给椿树芽儿盖了一座带穹顶的小房子，这样，那些嘴长贪吃的家伙也许就找不见椿树芽儿了。猜小打算明天早上去坑边砍来一些刺棵子，扎在椿树芽儿周围，形成一圈儿刺篱笆，把椿树芽儿长期保护起来。令猜小大为失望的是，第二天一大早，她到冒出椿树芽儿的地方一看，椿树芽儿连个影儿都不见了。她看出这事是猪干的，瓦片被猪拱到了一边，生长椿树芽儿的那块地方也被猪的硬嘴掘了起来，掘得底朝天。猪一点事都不懂，猜小对猪能有什么办法！新生的椿树芽儿活活被糟蹋，心疼之余，猜小得出一个教训，看来院子里什么都不能种，种了也是白种。

出了村庄，四周的肥田沃土倒是不少，一大块连着一大块，一马平川，猜小踮起脚尖都望不到边。可那些土地都是生产队的，都是公家的，猜小家连一分一厘的土地都没有。谁想在公家的土地上种下一点属于自己的东西，那是万万使不得

236

的，轻了，人家说你有资本主义思想；重了，人家会让你在社员大会上斗私批修，谁不害怕呢！是的，世界之大，竟没有猜小播下一粒种子的地方。越是这样，猜小越急于找地方种下一点什么。好比蜜蜂采蜜，遍地的花朵尽它去采，它往往不着急，在无花可采的情况下，它才急得乱飞。猜小并不是为了收获什么，她就是想亲手种点东西试一试。作为以稼穑为生的农人家的女儿，猜小的遗传基因里似乎就带有播种的愿望和本能，到了一定年龄，她自然而然地就想种点什么。她现在所处的年龄段，还够不着挣工分，队里还不许她到大田里去种植和收割。而各家的自留地几年前就被队里收走了，她自己想种点什么又找不到地方。这时候的猜小被称为空儿里的人，她只能到坑边或河坡里拾拾柴，割割草，放放羊。

这天午饭前，娘收拾了一个纸筐，让猜小领着弟弟，到爹的坟前，给爹烧点纸。猜小半路上把纸筐看了看，里面没有白馍，没有猪肉，没有炸麻花，什么供品都没有，也没有炮，只有一叠发黄的草纸。猜小懂得的，这些草纸代表的是钱，在清明节前夕，娘让她和弟弟给他们的爹送钱来了。盛殓爹的桐木棺材是长方形的，埋成了坟就成了圆的。猜小听村里的大人说过，棺材好比是地，坟堆好比是天，地是方的，天是圆的，所谓天圆地方。爹病死好几年了，猜小每年都领着弟弟来两三次。头一年，爹的坟是新坟，坟上光秃秃的，什么都没长。新坟与旧坟还有一个区别，新坟不安坟头，要等到第二年清明节上坟时才能放上坟头。一看到爹的新坟，猜小就伤感顿生，禁不住想哭。第二年就好些了，爹坟上长满了青青的东西。那些东西都是一些草本植物，有细叶的，也有宽叶的，有拖秧子的，也有长棵子的。盛夏时节，有的植物开了花。花儿不大，也不艳，就那么星星点点，浅浅淡淡。在猜小的眼里，花儿不分大小浅淡，再小再淡也是花儿呀！到了秋天再来看，坟上的浆浆瓢的果子炸开了，从里面飞出一团团絮状的白花。蒲公英雪白的绒球球也长成了，稍有风吹，就散成一片雾状的白花。猜小听说过花圈，但没有看见过。在猜小的想象里，花圈应该是白花攒成的。猜小没钱给爹买花圈，这么多的"白花"，就算是女儿送给爹的花圈吧！

猜小在爹的坟前把纸点燃，说：爹，我和弟弟给您送钱来了，您起来拾钱吧！她本来应该让弟弟随着她，把类似的话也说上一遍。但她今天没要求弟弟说，她说时把弟弟捎带上就行了。别看弟弟是个男孩子，可弟弟的心似乎比她的心还重。前些次，她一让弟弟说，弟弟一开口就哽咽得厉害，眼泪就哗啦啦流。这次尽管她没让弟弟说，她看见弟弟的眼泪已包得满满的，嘴角也在颤抖。这个弟弟呀！烧完了纸，她和弟弟没有马上离开，在爹的坟前坟后站了一会儿。这块地里种的是麦子，麦子已起身了，绿得遍地白汪汪的，一眼望不到边。老鸹在麦地上方低飞，一落进麦地就看不见了。回过眼来再看爹的坟，坟上已冒出不少草芽芽儿，有的鹅黄，有的紫红。过不了几天，爹的坟上又是一片新绿。这让猜小心里一动，坟上既然能长草，难道就不可以种点别的什么吗！爹活了几十年，死后占了这么一小块地方，在爹的坟上种点什么，别人总不会不允许吧！这么想着，猜小的主意就打定了。东找西找没找到种东西的地方，她今天没特意找，好地方反而一下子呈现在眼前。她不认为这个主意是自己想起来的，而是爹告诉她的。她仿佛看见，爹像生前一样微笑着对她说：猜小，你想学着种东西，就到爹坟上种吧！

有了种东西的地方，下一步就该找种子了。她家里没有什么种子，给队里种菜园的一位老爷爷有各种各样的种子。这天下午，老爷爷在菜园里种瓜，猜小一直在旁边看。老爷爷问她想种瓜吗？她点点头。老爷爷说：倭瓜好种，皮实，给你一颗倭瓜种，你去种着玩吧！老爷爷从盛倭瓜种的瓦碗里捏起一颗倭瓜种，放进她手心里去了。倭瓜种上已拌了草木灰，糙乎乎的有点发黑。可猜小如获至宝，双手捧着倭瓜种就回家去了。她到灶屋里找到一只有豁口的瓦碗，把倭瓜种子轻轻放进碗底，又拿起一把铲草用的铁铲子，马上到坟地里去种倭瓜。走到院口，看到村街上有人走动，她又折回来了。这样端着倭瓜种子，被人看见了怎么办？别人要是问起来，她将如何回答？第一次种倭瓜，是她的一桩秘密事情，她要秘密地进行，不想让无关的人知道。她拿起一只荆条筐，把盛倭瓜种的瓦碗放进筐里，盖上自己的上衣，装作下地割草的样子，才来到了爹的坟前。爹死后，再也没有挪过地方，下大雨在这里，下大雪也在这里，比一棵树待得还牢稳。猜小有时候做梦，梦见爹已经走得很远了，走得无影无踪，她急得不行，到处找爹都找不见。醒来一想，爹还在村南的坟地里待着，哪儿都没去。

猜小不能把倭瓜种在坟的半腰，那里有坡度，没法儿给倭瓜浇水，一浇水就流走了。更不能种在坟半腰的理由是，猜小听大人说过，坟上方放的坟头就是爹的头，坟堆就是爹的身子，她哪能随便在爹的身上挖坑种倭瓜呢，要是那样的话，爹不知会疼成什么样呢！猜小在坟脚前面选了一块儿空地，把倭瓜种在那里了。耩麦子的耩到坟跟前，要提起耧腿绕一下，这样，麦苗就不会贴着坟长，每座坟的坟前坟后都会留下一小块空地。这块空地也是留给祭祀的后人跪倒磕头的地方。猜小坐在地上，用小铁铲把那块空地翻了一遍。地的表面是干的，一翻开就是湿的，有一股子甜草根的甜气。翻开的湿土里有白色的茅草根，有红色的小蚯蚓，还有虫蛹子的空壳，等等。猜小把这些东西都拣出来了，把土铲得细细的，恐怕比用细箩箩出的面都细。她学着老爷爷种瓜的样子，把整好的细土中间挖一个小坑，捏起那颗倭瓜种子，嘴儿朝下肚子朝上地埯下去。她刚要给倭瓜种封上土，猛听见天空中有老鸹叫了一声，她吓得一惊，赶紧双手上去，把倭瓜种捂住了。她双手捂着宝贝似的倭瓜种，脸却仰得高高的，看着天上飞的一只老鸹。老鸹往哪边转，她的脸跟着往哪边转。猜小知道，老鸹嘴馋得很，讨厌得很，不管人们埋下什么种子，在发芽之前，它都要趸摸来趸摸去，想办法把种子淘出一部分吃掉。瓜田里，育秧田里，为啥要树起一些谷草人儿呢，就是为了吓唬老鸹，为了防止老鸹偷吃。她对老鸹说：老鸹，老鸹，我什么都没种，你走吧！老鸹转了两圈儿，飞走了。猜小抓紧时间，赶紧把倭瓜种用土封上了，还用手拍了拍，把土拍实。为了把种倭瓜的地方伪装起来，她抓了一把去年的干草叶子，撒在湿土上面。猜小还是不放心，她看见老鸹又飞过来了，这次不是一只，是好几只。猜小怀疑，多飞来的几只老鸹是刚才飞走的那只老鸹喊来的，这使猜小的警惕性又提高了几分。地里是没有猪羊和鸡鸭，但对老鸹这些穿一身黑衣服的老贼也不能不小心。她先给老鸹说好话：老鸹，你们下来，我跟你们商量点事儿。不见老鸹下来，她就有些生气，命老鸹滚，滚得远远的。她对老鸹喊道：你们要是不滚，我就打死你们，把你们嘴里塞上老鸹毛，让你们下一辈子还托生成老鸹！这样喊着，她还把自己的上衣一下一下冲老鸹甩。她要让老鸹看清楚点，她是一个大活人，而不是一个谷草人，她要比谷草人管用得多。也许猜小的示威真的起了作用，那些老鸹趸了几圈就飞走了。老鸹们飞得不算很远，它们飞着飞着，翅膀一仄楞，就落进麦子地里去了。猜小认为，这是老鸹们暂时埋伏起来了，等她一走，说不定那些狡猾的家伙会重新飞回来。猜小采取与老鸹同样的办法，也藏进麦垄里埋伏起来。她不是趴着躺，是仰着躺，这样可以随时观察天上的动静，老鸹要是一起飞，她马上就会发现。还好，直到太阳渐渐地落下去了，老鸹们没有再飞回来。猜小估计，天一黑，老鸹们的眼睛就看不清亮了，它们想找种倭瓜的地方也找不到了。

猜小埋下了倭瓜种子，就等于埋下了一份希望，心上就有了牵挂。趁着到地里割草拾柴，猜小每天都去爹的坟前看她的倭瓜，太阳出来时看一次，太阳落山前还要再看一次。每去一次，她都要替倭瓜种子算一下，算算倭瓜种子走到哪一步了。头一天，她算着倭瓜种子正在吸收水分和养分，把身子吸得白白胖胖的，肚子渐渐地鼓起来。第二天，她算着倭瓜种子正在伸懒腰，舒服得胳膊腿儿直抖，嘴也张开了，似乎在说：哎呀，真痛快呀！只要倭瓜种子的小嘴儿一张开，它就该生根了。第三天，她算着倭瓜种子的根已扎到土里去了，根的主茎又粗又结实，根部生着许多触角一样的须子。倭瓜种子在扎根的同时，它的芽儿也形成了，根和芽儿的出发时间相同，走的方向却不同，一个是向下扎，一个是往上顶。第四天，她算着倭瓜的芽儿该冒出来了，一大早就往坟地里跑。早上公鸡叫，鸟叫，桃花开满了树，村子里是很热闹的。她什么都不听，都不看，只想着她的倭瓜，脚步有些急匆匆的。有个和她差不多大小的女孩儿，问她什么东西丢了。她说没有呀，什么东西都没丢。女孩儿说：我看你慌里慌张跟找魂儿一样，还以为你的魂儿丢了呢！猜小说：你的魂儿才丢了呢！猜小一来到爹的坟前，就弯腰低头往地上瞅。奇怪呀，种倭瓜的地方，种进去什么样，现在还是什么样，一点动静都没有。猜小想，可能是倭瓜种子走得慢，她算得快，她算到倭瓜种子的前面去了。她对自己说：不要着急，再等等，再等等。又等了一天，种倭瓜的地方还是没有动静。这下猜小有些沉不住气了，难道是她种倭瓜的方法不对，倭瓜种子生气了，故意不往活里长。她试了几试，想把土扒开，看看倭瓜种子到底怎样了。但她到底没有扒。这点道理她还是懂得的，不论什么种子，只要一埋进土里，发不发芽儿就全凭它了。你倘是心急，不等芽儿钻出地面就剥开土层看究竟，弄不好就伤了幼芽儿的元气和根本，最终把立足未稳的幼芽儿毁掉。土层动不得，猜小就伏下身子，把耳朵侧向地面，想听听下面有没有什么动静。她听见土层下面丝丝攘攘的，像是有一些絮语。但她分不清是土地在跟倭瓜种子说话，还是倭瓜种子在跟土地说话，抑或是小麦的根须来串门。小麦的根须历来善于串门，从秋到冬，从冬到春，它串门总是串得很远。这样听了一会儿，猜小就想起了爹。倭瓜种在地下，爹也在地下，爹跟倭瓜种住得又这么近，为何不向爹打听一下倭瓜种的情况呢？女儿的事，不求爹帮忙还求谁呢？于是猜小恳切地跟爹说了一番话，请爹帮她看看，倭瓜种子到底走到哪一步了。要是倭瓜种子走得太慢，她请爹帮着催一催，请倭瓜种子走得快一点。猜小没听见爹说话，但她仿佛看见爹点头了，她说一句，爹就点一下头。是呀，女儿求爹办的事儿，爹哪会不答应呢！

　　猜小说了请爹帮忙的第二天，也是倭瓜种子种下去的第六天，她又迫不及待地看她的倭瓜去了。这天早上露水很大，空气湿漉漉的，似乎一伸手就能抓出一把水来。大田里更是潮湿，每个打了泡儿的麦穗儿的顶叶上，都挂着一粒晶亮的水珠儿。猜小两手分着麦穗往坟前走，走了几步，鞋就成了湿的，裤子也被露水打湿了半截。她心里说：倭瓜的芽儿不会还不出来吧？来到坟前，她的眼睛一亮，马上瞪大了。倭瓜芽儿总算顶破土层，发了出来。倭瓜的两瓣新芽儿还合着，没有张开。因为倭瓜种子的硬壳还在它头上顶着，硬壳的上头还带着一点湿土。这样子很像一个娃娃，头上戴着一顶帽壳儿。猜小高兴得心口跳得腾腾的，她手捂胸口对倭瓜芽儿说：我的娘，你总算出来了，你把我急死吧！按猜小的心情，她很想和倭瓜芽儿亲一亲，可倭瓜芽儿娇嫩得很，亲不得，碰不得，似乎连对它吹口气都不行。那么，猜小只有蹲下身子，久久地对倭瓜芽儿看着。看了一会儿，猜小的眼睛就湿了，她想，这都是亏了有爹的帮忙啊，不然的话，倭瓜芽儿还不一定能出来呢！

　　猜小到别的地方折来一些刺枝子，一根一根插在倭瓜芽儿周围。那些刺枝子上的刺都是又长又尖利，老鼠碰到它，就把老鼠的爪子扎破；老鸹碰到它，就把老鸹的眼睛扎瞎。猜小正插着刺枝子，太阳照过来了。太阳像是突然间照过来的，照得她背上一热。她禁不住抬头往麦地里一看，刹那间麦叶上的每粒露水珠似乎都变成了一颗小太阳。成千上万的太阳一起放光，麦田里一下子变得明晃晃的。她平着看过去，麦田又像是很大的湖面，一片白茫茫。猜小低下头来继续插刺枝子时，一件重大的事情发生了，倭瓜芽儿顶部的硬壳脱落了，落在了旁边的地上。这是猜小亲眼看见的，倭瓜的两瓣新芽儿像是奋力一挣，接着像是发出一声巨响，那两片连在一起的硬壳往上崩了一下，就訇然落在地上。小鸡娃儿刚从鸡蛋壳里挣出来时，鸡蛋壳里是带血的。猜小把倭瓜种子的硬壳从地上捡起来，想看看硬壳里带不带血。还好，硬壳里干干净净的，一点血丝都不带。硬壳一落地，倭瓜的两瓣新芽儿就徐徐地打开了，像打开了两扇门一样。倭瓜芽儿的茎是玉白的，芽瓣儿是翠绿的。在阳光的照耀下，猜小看见倭瓜的芽瓣儿透明如翡翠，上面还走着一道道白色的花纹，真是美丽极了。

倭瓜一旦发芽儿，长起来就快了，可以说它一天一个样，每天都有新变化。倭瓜开始长叶了，它的叶子一天比一天扩大，直到扩大得跟碗面子一样。倭瓜开始抽茎了，它的茎毛茸茸的，像是长满了小刺。茎的最前端，还探出一些须子。这些须子好比人的手，是攀援用的。须子颤颤的，略带一点卷曲，它遇到什么，就抓住什么。遇到草棵子，它就抓住草棵子，一时遇不到什么，它就抓住地上的土坷垃。猜小不让倭瓜的须子往麦地里走，麦地是公家的，它不能占公家的地盘。再说，它的须子要是缠在麦茎上，到时候麦子一割，就把它伤害了。猜小牵住倭瓜的须子，把它往爹的坟上引。她就是要让倭瓜的大叶子罩满坟顶，在炎热的夏季到来的时候，权当她为爹打了一把绿色的遮阳伞。正是倭瓜每天都有的新变化，给猜小的每一天都带来新的快乐，她不止一次在心里说：种点东西真好！种倭瓜真不错！猜小的快乐还在于，她又有了新的盼头，倭瓜展叶了，拖秧子了，下一步，她就该盼着倭瓜开花了。

倭瓜种在爹的坟上，猜小不能把倭瓜交给爹不管。她为倭瓜施肥，浇水，没有一天不为倭瓜操心。因为有了倭瓜，她对天气也关心起来。太阳太好了，她怕晒着倭瓜。连着下了两天雨，她又担心倭瓜叶子见不到阳光会发黄。这天午后，一场大雨刚停，她就踏着泥巴看她的倭瓜去了。她们这里的泥巴又深又吸脚，是有名的黄胶泥。猜小没法穿鞋，就光着脚丫子在泥里水里趟。路两边的塘里水都满了，蛤蟆叫得哇哇的。蛤蟆每叫一声，脖子两边的气泡儿就鼓一下。猜小不喜欢蛤蟆，蛤蟆都是雨来疯，雨水越大，它们越高兴，叫得越厉害。猜小把每片水淋淋的倭瓜叶子都看了一遍，没发现有什么发黄的迹象。相反，那些得了雨水的大叶子绿得像泼了墨一样，精神相当抖擞。检查到茎梢儿刚发出的小嫩叶时，猜小才发现了问题，嫩叶上面爬着三两只小腻虫。小腻虫极小，比寄生在人身上的虱子还小，而且小腻虫的颜色跟倭瓜嫩叶的颜色差不多，要是不仔细观察，很难发现它们。腻虫虽小，它们的危害性却不小。

据说腻虫的繁殖力很强，一长十，十长百，过不了几天，整棵倭瓜秧子上就会爬满腻虫。腻虫专吸倭瓜的汁子，把倭瓜的汁子吸完了，倭瓜就会枯萎。这个问题让猜小如临大敌，顿时紧张起来。她想把腻虫捏死，又不敢捏，垫着倭瓜的小嫩叶捏腻虫，岂不是把小嫩叶也伤着了。她鼓起嘴巴，对着腻虫吹，把腻虫吹落了，再捡起来捏死。别看腻虫的肚子鼓鼓的，也就是吃了个水饱，她一捏，一捻，腻虫就化为乌有。猜小知道这不是根治腻虫的办法，要想彻底消灭腻虫，必须在倭瓜的秧子和叶子上撒上一些草木灰。这一招儿，她也是跟那位种菜园的老爷爷学来的。她回家用篮子盛了一些草木灰，把倭瓜从根到梢儿撒了一遍，心里才踏实了。

当倭瓜秧子分了好多杈儿，差不多罩满了爹的坟顶时，麦子黄梢儿了，进入了收割期。大人们起早贪黑地去割麦，猜小背上荆条筐，扛上竹笆子，到收过麦的地里去拾麦。麦穗、麦秧、麦叶，猜小什么都要。她把笆子把儿上拴上一个绳套，把绳套套在腰里，拉着抓地的笆子，呼呼到地这头，呼呼到地那头。她的小脸儿晒得红红的，鬓角的汗水把头发都湿得打了缕儿。连秧带叶，猜小差不多每天都能拾一到两筐麦子。这天，猜小听说队里要割爹的坟所在地的那块麦子，人家刚动手割，她就要往地里走。队长让她拾麦子到别的地里拾去，这块地刚开始割，不许拾麦子的小孩子进地。猜小说，她不是拾麦子，是到地里看看她爹的坟。队长说：你爹的坟有什么可看的，你不去看它也跑不了。猜小有话不好说，她是担心有人把她的倭瓜当成野生的，割麦割滑了手，顺便给倭瓜秧子一镰，要是那样的话，她的倭瓜可就惨了。娘也在这块地里割麦，她最知道猜小的心思，对猜小说：你放心到别的地里拾麦子吧，没人动你的倭瓜。这块地的麦子刚收完，猜小就来了。猜小远远地就看见，她的倭瓜还在。麦子收走后，一篷绿伞似的倭瓜被爹的坟堆举着，显得格外突出。这样突出也好也不好，她又担心有的拾麦子的孩子看见这么好的倭瓜心痒，对倭瓜动手动脚。她绕着倭瓜拾麦子，不敢离倭瓜太远。看见两个男孩子拾麦子拾到了倭瓜跟前，她赶紧拉着笆子过去了。一个男孩子说：倭瓜！另一个男孩子说：看看结倭瓜没有？他们正扒拉倭瓜叶子，猜小过来了，对他们喝了一声：别动！一个男孩子吓得一愣，说：动动怎么了？猜小反问：你说动动怎么了，没看见那是我爹种的倭瓜吗？另一个男孩子把眼珠翻白了一下，说：没听说过，埋在坟里的人还能种倭瓜？猜小说：你听说过什么？你没听说过的多着呢！我告诉你们，你们要是敢动我爹的倭瓜，我爹就饶不了你们！两个男孩子大概被唬住了，他们互相看了看，没敢再说什么，接着拾麦子去了。

麦子收走之后，这块地还没来得及休息一下，又被队里种上了高粱。高粱还没有长高，倭瓜就开花了。先是一朵两朵，后来一下子开了好几朵。倭瓜花的朵子真大呀，一朵花就有一大捧。猜小见过木槿花。木槿花的花朵就够大了，跟倭瓜花一比，就显不着木槿花了。倭瓜花的颜色是金红色，不是金黄色。金红色显得更厚实，好像金子的成色更足一些。再加上绿叶一托，阳光一照，大老远地就能看见倭瓜花明晃晃的，好像爹的身上戴满金花，闪着金光。猜小想起有一年夏天，爹摘了一朵开红了的石榴花，给她绑在了小辫子上。她的小辫子朝天，爹绑的石榴花也朝天。爹把她打扮成一朵石榴花，她跑到哪儿，石榴花就开到哪儿。爹给她绑石榴花，她趁爹在树荫下睡觉时，抱住爹的头，也给爹绑石榴花。无奈爹的头发太短，石榴花怎么也绑不上。好在爹装作睡得很香，任她把头发揪来扯去，爹一点也不反对，一直配合着她。后来她想出了一个好主意，把石榴花的花把儿插在爹的耳朵眼儿里了，一个耳朵眼儿插一朵，两个耳朵眼插两朵。爹起来了，明知两边的耳朵里插着花，却不把花取下来，还对猜小作出怪样，可把猜小喜坏了。娘让爹把石榴花取下来。爹笑着说：我干吗取下来，我还等着耳朵两边结两个大石榴呢！这样想着，猜小仿佛又看见了爹，她禁不住站在开满倭瓜花的坟前轻轻喊：爹，爹！不见爹答应，她才想起爹已经走了好几年了，爹永远不会答应她的呼唤了。但猜小不甘心似的，仍喊：爹，我……是猜小呀，您起来看看咱的倭瓜花儿吧！这样喊着，猜小的眼泪就下来了。她双手正捧着一朵倭瓜花，大滴的眼泪叭叭地落在花盏里，落在同样金红的花蕊上。花盏上有宝蓝色的水牛，花蕊上有褐色的蜜蜂，突然有硕大的泪珠落下来，它们不知发生了什么事，赶紧知趣似的离开了。

这棵倭瓜结得不是很多，只结了一个倭瓜。种菜园的老爷爷看见了猜小，问她的倭瓜种得怎样了。猜小显得有些不好意思，说她种的倭瓜只结了一个倭瓜。老爷爷说，种在坟上的倭瓜都一样，因为地劲太大，瓜秧子太旺，瓜叶太稠，倭瓜就不容易坐纽儿。老爷爷安慰猜小，说好瓜不要多，一个顶三个，猜小第一次种倭瓜，能结一个大倭瓜就不错了。

按形状分，倭瓜有好多种。有枕头倭瓜、棒槌倭瓜、水桶倭瓜、灯笼倭瓜，还有磨盘倭瓜。猜小的倭瓜扁扁的，圆圆的，看样子属于磨盘倭瓜。这个倭瓜长得是够大的，它扁着虽然顶不上磨盘的面积大，圆着却比磨盘厚得多，谁也不敢把它看扁了。猜小怕人发现了她的倭瓜，就把倭瓜上盖一层干草。干草本来把倭瓜盖得严严实实的，过两天再去看，倭瓜把干草顶薄了，顶开了，倭瓜的大肚子露了出来。猜小只好再为它盖上一层干草。

秋天来了，高粱红了，猜小的倭瓜也成熟了。熟透的倭瓜是金红色的，跟倭瓜花的颜色一样，通体闪着金光。猜小找了一根木棍，预备了一根绳子，让弟弟跟她到爹的坟上去抬瓜。弟弟以为猜小姐姐又带他去给爹烧纸，神情马上变得沉重起来。到了坟地，弟弟才知道姐姐是让他帮着抬瓜。弟弟表现得很自负，他不让姐姐动手，自己把瓜贴在肚子上，涨红着脸，一气把倭瓜抱回家去了。

倭瓜在屋里放着，一冬天都没吃。到了大年除夕，娘才把倭瓜搬出来，端放到屋当门的供品桌上当供品。

　　娘的做法很让猜小感动，她明年还要种倭瓜。

2001 年 1 月 10 日于北京和平里